偶尔也需要强烈的孤独

가끔은 격하게 외로워야 한다

[韩]金珽运 著
佟晓莉 译

中信出版集团 | 北京

图书在版编目（CIP）数据

偶尔也需要强烈的孤独 /（韩）金珽运著；佟晓莉译 . -- 北京：中信出版社，2020.1
ISBN 978-7-5217-1104-2

Ⅰ . ①偶… Ⅱ . ①金… ②佟… Ⅲ . ①散文集－韩国－现代 Ⅳ . ① I312.665

中国版本图书馆 CIP 数据核字（2019）第 217254 号

偶尔也需要强烈的孤独

著　　者：［韩］金珽运
译　　者：佟晓莉
出版发行：中信出版集团股份有限公司
（北京市朝阳区惠新东街甲 4 号富盛大厦 2 座　邮编　100029）
承 印 者：北京盛通印刷股份有限公司

开　　本：880mm × 1230mm　1/32　　印　　张：10.25　　字　　数：215 千字
版　　次：2020 年 1 月第 1 版　　印　　次：2020 年 1 月第 1 次印刷
京权图字：01-2019-6741　　广告经营许可证：京朝工商广字第 8087 号
书　　号：ISBN 978-7-5217-1104-2
定　　价：68.00 元

序 言

偶尔也需要强烈的孤独

1

偶尔，我们也需要强烈的孤独！因为我们都处于“非正常”的状态。

汽车在石子儿路上颠簸一两个小时，每个角落都要仔仔细细检修一番，看看螺丝是否松动，车底是否漏油。钢筋铁骨的汽车尚且如此，何况我们人类！我们怀着一颗柔软脆弱的心，历经岁月的风霜洗礼，辛辛苦苦熬过几十个年头，又凭什么说自己的身心是正常的呢？

每年我们都会定期检查身体，甚至会喝下好几升的水做肠镜检查。我们忐忑不安地等待结果，哪怕一个小小的数值变化都让我们心惊胆战，吓得赶紧跑去咨询医生。对身体的细微变化如此在乎的我们，又怎能漠视这颗心呢！

越是自我感觉良好的人越是危险。我见过不少韩国的成功人士，他们中大部分人都有这样或那样的问题，只是“当局者迷”罢了。我们不妨用常识思考一下：成功人士到达那样的高位，究竟要付出多少疯狂的代价？要咬紧牙关付出多少艰辛的努力？要打败多少竞争者才能坐上那个位子？可惜他们并没有察觉自己的身心已经严重受损，虽然周围人看得明明白白，可是对于拥有金钱和权力的他们，谁又愿意坦诚相对呢？就这样，他们总是在眨眼之间衰败。

那么，日复一日过着平凡生活的普通人又如何？

或许是源于一种“逞强的勇气”，他们热衷于精神导师“抽象的安慰”，恨不能竖起耳朵倾听陌生的心理学家的指导。只可惜啊，问题又怎会那么轻松地解决？

我们迫切需要拥有独处的时光，因为孤独才是“存在的本质”。越是忙得不可开交，越是要拥有独处的时间，要尽量少见人。我们活得太匆忙了，经常找机会聚会，认为那就是所谓的“成功”。可这是错觉，事实绝不是这样。越是忙碌，心灵只会越空虚。

因为害怕面对那个糟糕透顶的自己，所以人们才忙得不可开交。无论再怎么忙于生计，我们都不可以失去与自己面对面的时间。渴求推特的“转推”或脸书的“点赞”这种廉价的认同，也是相同的道理——期待借由他人的关心，忘却自己内心深处的伤痛。然而，用这样的方式是无法疗伤的。

当身体受了轻伤时，连较为低等的动物在痊愈之前，都会独自打发一段孤独的时光。它们一动不动、不吃不喝，就那样安静地待着，不停地舔舐受伤的部位，直到伤口愈合才会慢吞吞地爬出来。

我们需要强烈的孤独还有另外一个理由，那就是人类平均寿命的延长。如果不像某个广告内容那样——地球遭到外星人入侵，或者冰河期再度降临——那么今后大部分人都会活到一百岁。这是人类迄今为止从未经历过的，也是特别了不起的事情。

即使有了赖以生存的本钱，孤独也不会消失。兴趣爱好、与家人之间的羁绊以及社会保障制度，也不一定足以支撑我们。退休后还要活三四十年，那么我们有信心怀着不被冷落、不陷入忧郁的情绪乐观地坚持到最后吗？

“人类是无可奈何的孤独的存在”，除了领悟到这一点我们别无他法。只不过，我们常常因为害怕面对这个事实而选择逃避孤独的时刻。

要学会承受孤独，只有历经孤独的磨炼才能自省；只有习惯孤独，才能和他人产生真正的互动。因为“与自我对话的自省”以及“与他人之间的互动”所具备的心理学结构是一致的。熟悉孤独才能不孤独，这是孤独的矛盾之处。

2

“从现在开始我只做自己想做的事！”

2012年1月1日，我在日记的第一页写下这句话。准确地说是步入50岁那一年，我下定了这样的决心，而实际上能否实现也未可知，但我就是想要这么做。在过去的50年里，我无奈地被生活推赶着往前走；而在余下的50年里，我希望能过“自己想要的人生”。就这样，没多久我就动身来到了日本。至今我已在日本待了4个年头，时间过得真快啊！

我坐在房间的一角做了这个重大的决定，但对于“自己到底想要做什么”却毫无头绪，我不禁对自己非常失望。尽管我一直竭力主张人要积极自主地活着，却没有为那样的生活做任何准备。最近，很多人羡慕我可以尽情做自己想做的事，可是当我问“那你想做什么呢”？大家又都非常迷茫，不知道自己究竟想做什么，顶多来一句“想要周游世界”。

因为我并不知道自己想做什么，就那样被推着往前走，这种浑浑噩噩的生活令我沮丧郁闷。“谁不是负重前行”这样的借口，让我忽视了人生最根本的问题，因而过着烦躁的生活。抑郁和烦躁往往出现在心理状态不正常时，所以我决定反向思考，先列一份清单——我不想做的事：不想见不喜欢的人！不想早起！不想写不喜欢写的稿子！到此为止就差不多了吧，哦对了，还有一个！

不想上课！

想到这里，我猛地一惊：原来我最不想做的事是“教学生”，这是我之前全然没有意识到的事实。

这实在令我苦恼不已，教授这个职位是多么来之不易啊！记得身为讲师那段时间，教整整一个月的课也才赚80万韩元。那时每次教授评比落选，我是多么挫败而绝望，输给那些实力和资格都不如我的人，简直让人发疯。这时，我就会去汉江大桥下面钓鱼，偶尔钓到小臂粗的鲤鱼便能得到一点慰藉。顺便提一句，汉江里的鱼可真不少。

当教授的这 12 年里，我尽心尽力。不仅发表了很多论文，几年下来课题量也排名全校第一；此外还积极参与政府事务，大部分的韩国休闲政策都是经我手制定的；我还创立了“韩国休闲文化协会”，举办了多场大大小小的活动。在学校，我的课很受学生欢迎，选课公告发出后不过几分钟就会满额。尽管如此，“教课”依然是我最不喜欢做的事情，我也终于弄明白了为什么我总是莫名其妙地冲学生发火，原来是因为我特别不喜欢教课。

老实说到今天为止，我从来没有虚心地向他人学习过，甚至在接受高尔夫球训练时，还暗自质疑过教练。所以从小到大，教过我的老师都对我很不满，因为我从来不会虚心求教。这样的我现在却为人师表，实在是不可思议。而这个事实直到我成为正教授，拿到退休保障时我才意识到，只可惜我明白得太晚了，人生想从头再来已经太迟了。

我是不是在利用孩子们来维持“教授”这项被社会尊重和认可的职业？这突如其来的负罪感笼罩着我，令我痛苦万分。我和周围的人认真商量辞去教授的事情，岂料所有人都劝我千万不要冲动，说幸好有教授这样的职业，才能让我这种脾气差的人融入社会生活。也有人说反正再过几年就到退休年龄了，也能拿到退休金，就忍到那时候吧。

因此，我更气愤了。这话听起来怎么都像是让我继续利用孩子们来维持自己的社会地位，于是我一气之下递交了辞呈。现在仔细想想，真不知道当时怎么会有那样的勇气。我想，如果没有在安息年[①]只身远赴日本的经历，这是绝对不可能发生的事情。本书最后一章详细叙述了我当时的心境。

3

“金教授，你这些都是假把式！想要学佐巴[②]就要学得彻底一点！真想过自由的生活，也该彻底放弃老婆孩子才是啊！怎么能只放弃当教授却不离婚呢？”

刚递交辞呈，当时明知大学的理事长柳英九立即联系我，让我赶快回首尔。想当初没有任何一家大学聘用我时，这位先生是唯一认可我的人。听说我的事后他感到非常遗憾，还问我怎么不跟他商量一下就做出这样的决定。进入大学以来，我和一些教授起过冲突，产生了不少问题，因为总会有一些无能之辈妄想以教授之名霸占院长或校长这样的职位。越是这样的人，就越懂得利用职权作威作福，行龌龊之事。

每次出问题，柳理事长就会约我一起吃饭。本来一肚子气的我，

① 韩国“每工作七年休息一年”称为安息年。——译者注

② 电影《希腊人佐巴》中的人物。这部影片讲述了两个不同阶层和个性的男人建立友情并一起追逐自由的故事。——编者注

只要和他喝上两杯、聊聊棒球，就会怒气全消。理事长一直如此信任和认可我，托他的福我才屡次转危为安。正因如此，我到现在都对他充满歉意。挨了好一顿批评，当我转身出来时，理事长说："这个节骨眼上周围的人都知道你辞职的事了，暂时只能先这样了，等风头一过，咱们一定还要一起共事！"即使他不这么说，我对他也是感激不尽！然而我是再也不可能当教授了，因为我真的不是当教授的料。

旅居日本四年，纵然我时刻与孤独为伴，却也收获颇丰。首先我获得了一个冷门学位，从位于京都右京区的京都嵯峨艺术大学短期大学部毕业，自此我的最终学位是"专科大学毕业"。原本我是想攻读漫画专业的，想创作专门给老人看的成人漫画和变态漫画，因为我觉得韩国人太执着于"正常体位"，所以生活才会这么单调乏味。

情色的想象力丰富，文化也会变得多姿多彩。我的指导教授北村正己看过我的绘画作品之后，夸我的画工非常不错，建议我学一学日本画[①]。我心想，漫画随时都可以学，但以后可能不会再有机会学习日本画，于是我就听从教授的建议，开始专攻日本画。

出生以来，这是我第一次有了想要好好学习的念头。2015 年 3 月，我正式毕业。对于这个专门大学的学位我感到无比自豪，甚至比我当初取得德国大学的博士学位还要高兴，因为这完全是我出于喜欢而学习的东西。相信 10 年后，我将会成为世界级的画家。这本

① 指日本的民族传统绘画，明治维新后广泛使用的概念。——译者注

书封面就是我画的，每次看我都深深引以为傲。

此外我还写了几本书。4年来，包括这本书我一共写了3本书，另外还编译出版了日文书《关于看的心理学》，主要阐述美术与心理学的关系。去年我一直在筹备另一本新书，同时也在翻译一本日文书，预计明年将出版这两本书。也就是说，旅居日本4年，包括已出版和即将出版的书我一共创作了6本书，因此可以说这4年是我人生最高产的时期。我从来没有如此饶有兴趣地学习过，而这些都是以孤独为养分结出的硕果。

年过50才开始的日语学习也充满了乐趣。以前看日本动漫或电影只能听懂“気持ちいい”[①]这样的日常用语，现在则能听懂很多台词了，所以对谋生这件事也更有自信了。首先从语言开始感觉我更从容自得，英语和德语我早已熟稔于心，日语我年过半百才开始学习，但阅读能力的不断提升带给我莫大的快乐。同一个单词，用不同国家的语言搜索，就会出现完全不一样的结果，若将这些内容进行比较，常常会激发出许多创意思维。

4

开始攻读美术的同时，我也在《朝鲜日报》开设了连载专栏。

① 意思是“感觉很好，心情很舒畅”。——编者注

除了负责文字部分，我还负责插图。记得当时我表明想由我自己负责插图时，专栏所在版面的负责人李翰宇部长大吃一惊，说：“你这个美术大学入学还不到一个月的新手逞什么能呢？”而我坚持认为只有文字和配图相得益彰，整篇文章才更完整，也更有说服力。在充分听取我的意见之后，李部长欣然接受了我的想法，并且鼓励我说，即使有人对我生涩的画技提出非议，也一概由他负责，我只管放手去画。由此，这个专栏至今已经持续了将近 3 年。这本书里所载的所有文字与插图，完全要感谢李部长。同时也感谢编辑部各位同仁的垂爱，允许我在巨幅版面上发表不入流的文章和插图，也真心感谢一直支持我的读者朋友们。

21 世纪图书出版社的申珠英室长和南延静课长，你们辛苦了！想必你们是第一次碰到像我这么挑剔的作者吧。感谢远赴京都拍出精美大片的的金春镐记者，也感谢设计出深得我心的封面和内页的“金牛座”美编，多亏各位鼎力相助，这么多照片和我的画作才能被有条不紊地收录于书中。此外还要特别感谢同志社大学商学部的“美女与野兽”崔勇勋教授，感谢您的关照，让我去年一直担任同志社大学的客座研究员。

希望各位能津津有味地读完这本书。如果你们认为书里的文字和插图，无非是一个上世纪 50 年代中期的大叔猥琐淫荡的想法，那么我可是会非常伤心的。在你们周围，跟我想法类似的大叔很多，比如各位的兄弟、爸爸、叔叔、丈夫、上司。不少人认为，韩国之所以糟糕，就是因为有这些大叔。所以，要是各位能通过这本书稍微改变一下对他们的看法，那么我就倍感欣慰了。

我真的好喜欢这本书啊，抱着它睡了好几天。衷心感谢与我共享这份喜悦的读者朋友们。

等待着 2016 年的新年来临

京都岚山　金斑运

————

目 录

PART 1. 焦虑就看不见森林

PART 2. 被别人改变是很痛苦的

PART 3. 禁止“禁止”

PART 4. 意义是如何产生的？

PART 1.

焦虑就看不见森林

做15个俯卧撑
就能解决一切

今天，我又瘫坐在厨房的一角哭了，但不是因为孤独或悲伤，而是洗碗洗到一半，不小心把头撞到橱柜的门角上疼到哭了出来。最近总是这样。我疼得那叫一个钻心，眼泪“唰”一下就涌了出来。正当我捂着头，缩在角落里流泪时，电视上正播放关于“孤独死”的故事。

电视上说，70%的日本女性认为自己临终时可能会孤身一人，还奉劝大家要提前准备“如何优雅地离世”。这个话题对当时的我来说实在是太应景了。在那短暂的瞬间，我非常担心自己在日本京都某个单身公寓冰冷的厨房角落里，因为撞到橱柜门角而孤独地死去。那要是真的可怎么办啊？

在日本，孤独其实是常态。比如我，一个年过50为了学绘画而远赴日本的老龄留学生，租住在单间公寓，一个人做饭吃，平日里独来独往都不会觉得别扭，就连一个人去饭馆吃饭也不会觉得尴尬。因为日本是一个“孤独友好型社会”，处处都能感受到人们对于“孤独”自然地接纳。大部分提前进入老龄化的西方国家也是如此。在长寿的国家，孤独是正常的。

那么，韩国呢？韩国的老龄化速度是全球最高水平，然而在韩国，“孤独”依然是一个陌生的字眼——因为孤独不被允许。在韩国文化中，孤独是人生失败的表现。所以人们才在身体健康时出入各个红白喜事的场合，就是为了将来有一天，自己家遇上这种事时显得不那么冷清。我们之所以如此疲于奔命，是因为韩国是一个绝对不会接纳孤独的“孤独抵抗型社会”。因此，连本应好好休息的周末，交通都会因为各种红白喜事而瘫痪。可以说这是韩国特有的现象。

最近发表的资料显示，男性的平均寿命为78岁，女性的平均寿命为85岁。像我这样50多岁的人，很有可能活到100岁。而在20世纪50年代，韩国男性的平均寿命只有51.1岁，女性只有53.7岁。短短几十年，平均寿命就增长了将近一倍。在人类历史上，人类从来没有这么长寿过。任何自然变化以及社会变革，都无法与平均寿命的延长同日而语。

以平均寿命50岁为基准制定的伦理和道德标准，今后也将全部改变。包括夫妻关系、家庭关系。虽然不至于到多配偶制的程度，但多次结婚离婚已经不是什么稀罕事儿了。试想一下：跟一个20多岁相遇的人共同生活100年，真的可能吗？如果还要和现在的丈夫再生活50年，估计韩国的大部分中年女人都会说那还不如孤独死算了。“白头偕老”已经成了平均寿命50岁那个时代的传说，可见平均寿命100岁真的是一件很惊人的事。拥有了人类历史上最长的生命以后，我们每个人都要付出相应的残酷的代价，那就是孤独。

事实上，孤独是“个人”一词在人类历史上初次登场时就出现的现象。笛卡儿以“我”为主语，规定主体的存在方式为“思”，这种说法可以视为近代“个人”的诞生。笛卡儿式的自我以孤立为前提，因为主体的存在是独立于世界和他人的，即主体的存在并不依赖任何物质性的东西。因此，如果从心理学角度翻译“我思故我在”这样的笛卡儿式命题，应该是这样的：我孤独故我在。

所谓“个人”（individual）这样的西方存在论，最初被东方所了解是在19世纪。东方当时非常惊慌，因为没有与“individual”相对应的词汇。精通近代日本翻译过程的柳父章表示，“individual”这个词翻译成中文可以是“一个人”或“独一个人”等字词组合，在日本则译为日常用语“人”（ひと）。“个人”作为日常用语站稳脚跟是在19世纪末20世纪初，去掉“独”和“一”，将“individual”译为“个人”并没有太大问题，因为当时东方的“个人”并不孤独。

西方国家历经几百年才实现的现代化，我们只用了短短几十年就消化完毕，在这样压缩成长的过程中，孤独是一种奢侈，我们根本没有时间去感受孤独。然而，对于生活在平均寿命100岁时代的我们而言，孤独是存在的根据。但是，在韩国这样的“孤独抵抗型社会”里，独自生活简直比“虎患麻麻”① 更可怕，因为我们没有学过任何应对孤独的方法。大家面对孤独不知所措，在孤独中挣扎，却不知道那其实就是自己的命运，还以为只要顺利退休拿到了退休金生活有了保障，就可以解决这个问题了。

一个人要想从孤独中解脱出来，有个看似矛盾却可行的方法是，对自己的内在进行更深层次的省察。即越是孤独，就越要孤独。可以埋头艺术，也可以冥想，还可以做俯卧撑。“一天做几百个俯卧

① 虎患麻麻，虎患是指被老虎袭击，麻麻是指天花。古时候对这两件事尤其惧怕，所以这两个词组合起来就是“特别特别可怕的事情”。——译者注

个人即孤独

2013 | 270mm × 215mm | 画纸，水干颜料，岩绘具[①]

---

① 现代日本画颜料的一种，是由天然彩色矿石制成的颜料粉末。——编者注

撑，就很容易忍受孤独”，我在澡堂里认识的 SK 集团的议长金昌根这样说道。虽然已年过六旬，但金议长的倒三角肩膀是我至今见过的最好看的肩膀。他还说，只要每天坚持做俯卧撑，中年人乌七八糟的性欲杂念就会烟消云散，整个人都会变得神清气爽。

今天我只做了 15 个俯卧撑，孤独感就无影无踪，性欲也彻底消失。我做 15 个就够了，金议长为什么一天要做好几百个呢？可能是因为我拥有着如泉水般清澈的灵魂。

孤独死

“孤独死”是最近几年出现的新名词，意思是活着时与家人朋友断绝往来，最后独自迎接死亡。大部分孤独死的人都是死后很久才被发现。尸体被发现以后，很多家属会出现在现场，因为遗产分割而吵得不可开交。这是老龄化社会让人倍感凄凉的真实的侧面。在日本，孤独死的主体主要是一些独居老人，但是在韩国，“大雁爸爸”① 常常成为孤独死的话题对象。

孤独死并不是法律用语，因此，目前对于孤独死的发生频率并没有精确的统计。从与孤独死最相似的“无缘死”② 的情况来看，韩国无缘死的男性比例远远超过女性，其中尤以 50 多岁的男性占比最高。处于退休前后的中年男性最容易发生孤独死的情况，这是一

① “大雁爸爸”指的是子女去国外上学、妻子陪读，自己留在国内挣钱的爸爸。——译者注
② “无缘死”指孤独死去，无人送终的状况。——译者注

个耐人寻味的事实。对某些男人来说，他们的人际关系往往局限在公司或工作中，因此，孤独死与他们息息相关。

从近年来家庭解体、独居者数量增加的趋势来看，几十年后，孤独死将会是很自然的社会现象。如果以后人们都能活到一百多岁，那么孤独死就不是那些人生失败者独有的命运了。所以我们也要开始认真做准备，以应对独自死去这种情况。

多配偶制

多配偶制，即一夫多妻制或一妻多夫制，与一夫一妻制相反。虽然目前大多数国家都在法律上规定一夫一妻制，但是几千年以来，多配偶制却是普遍的家庭形态。直到 1960 年代，韩国还保留着纳妾制。欧洲受基督教影响，从中世纪开始就禁止多配偶制，但在伊斯兰社会多配偶制依然合法。与多配偶制概念相似的还有多边恋，是指“同时爱两个以上的人”。如果说多配偶制是一对多的婚姻制度，那么多边恋就是一对多的恋爱形态。“一个人只能爱一人”也是文化的产物。

其实静下心来想想，会发现一夫一妻制是人类想出来的最杰出的制度，因为这样可以阻止有钱有权的男人或漂亮的女人独占配偶。一夫一妻制可以防止分配过度不均，以免发生张东健[①] 那样的男人身边围着数十个女人，另一群男人一辈子都没见过女人这种情况。

① 张东健：韩国男演员，曾主演《爱上女主播》《朋友》等作品。——编者注

然而，随着老龄化社会的到来，一夫一妻制也将面临巨大的变化。

尽管一夫一妻制的形态依然存在，但是一辈子只结一次婚将会变成非常少见的事情。曾几何时被人们当作笑谈的“人一辈子该结三次婚”这样的话，可能会成为最理想的形态。站在女人的立场举例来说，第一次结婚是20多岁，结婚对象是一位有钱的40多岁的大叔，两人一起生活20年，拿到充足的赡养费后离婚。

到了40多岁，和20多岁年轻健壮的小伙子再婚，并和他共享自己所拥有的财富以及这些年累积的人生经验。再过些年，等到第二任丈夫40多岁时，已经拥有独立的能力，就欣然同意离婚。此时60多岁的女人第三次结婚，这次她选择了跟自己同龄的男士。这位男士也是第三次结婚，第一次是20多岁时和40多岁的女人，第二次是和比自己小20岁的年轻女孩。有过两次婚姻经历以后，两人都60多岁，剩下的时光两人就像朋友那样一起生活。

照这样下去，离婚最大的理由——性格差异（难道不是性生活不合）也将自然而然地消失。因为第一次结婚可以向年龄大的那一方学习；第二次结婚则教导年龄小的那一方。第一次听到这种假设时，一般人在心理上会产生本能的抗拒，然而静下心来想想，这真的是比较合理的结婚方式，既能维持一夫一妻制，也能将人们从“一生只能爱一个人”这样无聊的道德观中解放出来。更绝妙的是，这种方式对男女双方都是平等的。可以合法地拥有和年轻男人（女人）一起生活的权利，试问这样的制度女人（男人）有什么理由反对？在平均寿命一百岁的时代，因为一夫一妻制所产生的问题该如何解决？或许是时候一起来想一下这个问题了。

个人

所谓“个人”，即“一个人”，是指构成一个集团的个体。“个人”的英文“individual”，是“indivisible”一词的派生词，后者意为“分不开的，不可分割的”。“个人”这个词语，在15世纪的西方被首次使用，到17世纪，“个人”作为解释社会的重要概念渐渐被大众熟知，在哲学、文化等领域，关于“个人”的解释也正式展开。

如果连“无法分割的东西”都能被分割的话，那么世界上所有物质的构成原理都能解释通了——西方的近代正是以这样的幻想出发。因此，自然科学界想出了所有物质最小的单位“原子”（atom）。atom一词源于希腊语atomus（不能再分割的）。根据自然科学的世界观，人类社会也是由不能再分割的、通过皮肤与外部世界进行区分的最终单位——个人组成的。

心理学就是以这个理论为起点的。然而，部分的简单叠加不等于整体，各单位只能代表形成整体时，其中一部分的最小单位。自然科学也是一样，自从量子力学出现，原本被视为最小单位的原子的世界便沦为“幻想”。

心理学也同样如此，我们不能以个人为单位解释人类的心理。近代心理学的原子主义是死路一条。因此，文化心理学以个人与个人之间的“相互性”为出发点，认为那才是分析社会文化以及人类心理的基本单位。

————

画格威妮丝·帕尔特罗[1]，画着画着就失败了。
于是我索性又画了两片嘴唇，和一双眼睛。

不知从哪天开始，
我的格威妮丝·帕尔特罗居然和我说话了，
而我也温柔地应答。

忽然我对扫地机器人感到很抱歉。
想起以前，每次它不知所踪时，
我都粗鲁地骂它。

————

①　Gwyneth Paltrow（1972—　），美国女演员，曾获第 71 届奥斯卡最佳女主角。——编者注

女人化妆不是为了男人

我偶尔会去练歌房。我的朋友圭贤每次开场必唱 Wax 的《为你补妆》。虽然这是一首老歌，但每次听来都别有一番滋味，那感觉就好像心脏从 10 米高的地方“扑通”一下坠落。这首歌讲的是一名痴情女子无怨无悔地等待弃她而去的男人回心转意。因为“怕你看见随着岁月的流逝而日渐衰老的我而失望”，所以为他补妆。是不是很动人？为什么我们活到 50 多岁也没见过这样的女人？

歌曲的副歌部分更加悲伤。刚开始还狠心责问心上人“为何要弃我远去，这么多年都杳无音信”的女人，后来却转变了心意，反而觉得自己更抱歉，说“我没有为你做过什么，只是接受你的付出”。这世上怎么会有心地如此善良美丽的女人！唱到副歌部分，圭贤感动得有些呜咽，一大帮老男人跟着他一起唱“无论如何我们都要重新相爱”这一句时，眼角也湿润了。

这情景要是被我们的太太看到，肯定会招来一顿白眼，“你们可真会玩儿”！然而，我们这些头发稀疏、挺着“将军肚”的50多岁的男人，绝不会放弃在世界某一个角落，也有那样痴情的女人为我们补妆的希望！不管怎样一定会遇见这样的女人！怀着这样一份执念，我们唱了很多与“化妆的女人”相关的歌曲，如林朱莉的《涂上厚厚的唇膏》，张爱莉或宋允儿[①]的《粉红色唇膏》等。

我们就那样唱完预约的时间，又唱完练歌房老板额外赠送的20分钟，最后终于耷拉着肩膀各自散去。早已不再等丈夫回家的妻子，已经按卸妆液、卸妆油、洁面乳的顺序卸完妆，素颜进入梦乡了。的确，妻子是不会为了丈夫化妆的，但男人也不必为此伤心，因为那首让人心酸的《为你补妆》从一开始就是错的。

根据英国一家杂志的调查，女人每天至少9次会琢磨自己的妆容，更有30%的女性直到睡觉前还在想；每3位女性中就有一位不化妆绝不出门；每10位女性中会有3位，哪怕是送孩子上学也要抹点儿口红。这意味着什么？意味着女人化妆跟男人一点儿关系都没有。反而有很多被调查者回答说，自己是因为其他女人而化妆。换句话说，女人化妆不是为了讨好男人，而是为了在其他女人面前显得更漂亮！以上讲述的，是在化妆方面比韩国女人迟钝许多的英国女人的情况。

女人化妆和着装不是为了男人。对女人来说，化妆就好比演员上妆，她们根据被赋予的社会脉络来决定妆容的风格和色调，男人

① 林朱莉（1958— ），韩国歌手；张爱莉（1962— ），韩国歌手，《粉红色唇膏》的原唱；宋允儿（1973— ），韩国女演员。——编者注

男人也需要地方卸妆

2014 | 245mm × 180mm | 镜子，水干颜料，岩绘具

오가
리승

只不过是包含在这些脉络里的一个小因素。坐在化妆台前的女人就像舞台上的演员一样，反复思考自己的角色。也就是说，女人有机会反思因为社会脉络而变化的自我。就像诗人徐廷柱歌颂的“站在镜子前的我的姐姐”那样，女人的“脉络式思考”会随着时间的流逝而加深。随着年龄的增长，女人比男人更健康、更聪慧、更睿智，这是因为社会舞台后面的那个梳妆台可以让女人卸掉所有伪装，对自己所扮演的各个角色进行反省和思考。

美国社会学家欧文·戈夫曼（Erving Goffman，1922—1982）把“自我”比喻成舞台上的演员；他批判性地认为在现代心理学中作为前提“统一且一贯的自我”并不存在。通过对“互动仪式”的微观研究，欧文·戈夫曼主张人类根据所处的不同情况，会产生“多个自我”。同时，人类需要舞台后面的空间，来不断反省和比较舞台上的各个自我。也就是说，我们需要上妆和卸妆的“背后空间”。不要去追究台前和台后的生活哪个才是真实的，这样一分为二的思考方式是不对的，正如舞台上存在着各种角色的生活，舞台后的生活当然也是真实的。

集中营和精神病院的生活之所以让人感到无尽的痛苦，正是因为舞台后面的空间，即背后空间被禁用，从而使人们失去了自由呼吸的空间。曾经被纳粹关押在犹太人集中营的儿童心理学家布鲁诺·贝特尔海姆（Bruno Bettelheim，1903—1990）说过，在集中营生活最大的痛苦是“背后空间的丧失”，因为这里的一切都赤裸裸地暴露着，那些无法适应这种生活的难民大都死了，而那些长期被关押的幸存者心理状况更为凄惨。就像无处躲藏，一切只能依赖父母的小孩一样，集中营里的难民们没有隐私，只能信任并依赖纳粹党卫队，呈现出退化的状态。

对韩国男人来说，他们最需要的就是背后空间，以便让他们卸掉社会角色、安静地坐下来思考，因为他们认为只有权力决定一切的舞台上的生活才是真实的。就像把一切都交给纳粹党卫队的集中营长期关押犯一样，韩国男人也呈现出把一切都交付给权力的退化状态。然而，他们对这样的生活从不反思，就像高速公路上的汽车，只顾着往前奔驰。因为高速路上没有背后空间，更无法停下来，所以一旦有人超车，便会感到愤怒；退一步讲，就算有人打了信号灯表示想要超车，又有几人肯让路呢，反而会加速前进。但这无可厚非，只是无处藏身的韩国男人“可怜”的反抗。

这片土地上的男人既无法回头，也不敢一直往前冲，只能每晚走入地下——那里挤满了随时都在补妆的女人。所以娱乐沙龙才建在地下。嗯……这是不是有点伤感了？

互动仪式

那些所谓的“知识分子”，有一条独特的互动规则，即不能先表现出知道对方的样子，尤其是通过电视台一些谈话节目或教养节目认识的“知识分子”。一般情况下，先认出对方被认为是有礼貌的表现，就算不认识也要装作认识，然而对那些所谓的“知识分子”而言，这一条却不通用，先认出对方意味着你完全落了下风。

他们认为，首先高兴地表示曾拜读过对方的书或者听过对方的课是件“丢脸”的事。当然，我也是花了很长时间才弄明白这件事。最近我就有过好几次这样尴尬的经历，偶尔先表示出认识对方，结果接下来的局面让人感觉很不自在。因此，我上午绝对不见那些所谓的“知识分子”，以免影响一整天的好心情。

也就是说，社会上的每一个互动都有其独特的规则，美国社会学家欧文·戈夫曼称之为“互动礼仪”（interaction ritual）。戈夫曼通过分析日常生活中面对面的互动，开创了微观社会学领域，是一位非常具有独创精神的社会学家。当社会学方法论成为统计方式的主流时，戈夫曼将“此时此地”这一具体情况下发生的互动，视为社会学研究的基本单位。他这种对微观社会学的尝试，把以孤立的个人作为研究对象的心理学，和以宏观构造为研究单位的社会学完美地衔接起来，被认为是一项卓越的研究。

背后空间

陌生人一靠近就不由自主地后退，这是当人们发觉自己的领域被侵犯时的本能反应。男士洗手间小便器之间的距离不够宽敞时，会让人觉得不自在，有一种自己的“家伙事儿”被旁边的人偷窥的感觉。所以在高级酒店的洗手间里，小便器之间的距离要比高速公路洗手间里的小便器距离宽敞得多，而且中间还加上隔板，以保障个人的隐私空间。

不只是洗手间，权力越大，空间就越大。这个“空间”不单指办公室的面积，还包括周围人与他的距离。能靠近位高权重者的人是很有限的，因为不是随便什么人都可以靠近他们。可以说，金钱和权力的多寡与空间的大小是成正比的。

任何互动都有其应当遵守的物理距离。人类学家爱德华·霍尔（Edward T. Hall，1914—2009）根据随着权力和亲密度的不同而改变的空间距离，提出空间关系学这一概念，阐述了人与人之间存在四种空间距离：亲密距离、个人距离、社交距离、公众距离。由于文化差异，这四种距离也不一样。西方人如果侵犯了他人的私人空间，就会马上说“打扰了！”或“抱歉！”，所以他们在韩国感到最困惑的情况就是当他们感觉私人空间被侵犯的时候——有人不小心撞到他们的肩膀——对方却一言不发地走开。

任何人都需要一个可以保护隐私的私人空间，即背后空间。人类的尊严至少要有这个背后空间才能维持下去。监狱里的犯人就是被剥夺了这样的“背后空间”，作为对他们犯罪的惩罚。好多名犯人挤在狭小的牢房里，不得不一起生活甚至共用一个厕所，这也是为了让他们领悟到私人空间被剥夺是多么痛苦的一件事，以后才不敢再犯罪。

为什么韩国男人习惯把“敢惹我你试试看”挂在嘴边，总是愤世嫉俗地活着？就是因为背后空间的丧失。没有背后空间，就好像每次在公共卫生间小解时，旁边总有个满臂文身的家伙明目张胆地偷窥你，试问这种情况下，怎么还尿得出来？

————

————

这家餐馆我以前去过，

有一次我拜托他们再添一碗汤，

被冷淡地拒绝了，

从那以后，我再也没光顾过这家店。

韩国和日本为什么无法和谐共处？

最主要的原因大概就在于此吧。

在日本餐馆，

连碗汤都没有。

————

おばんざい
割烹
GUINNESS

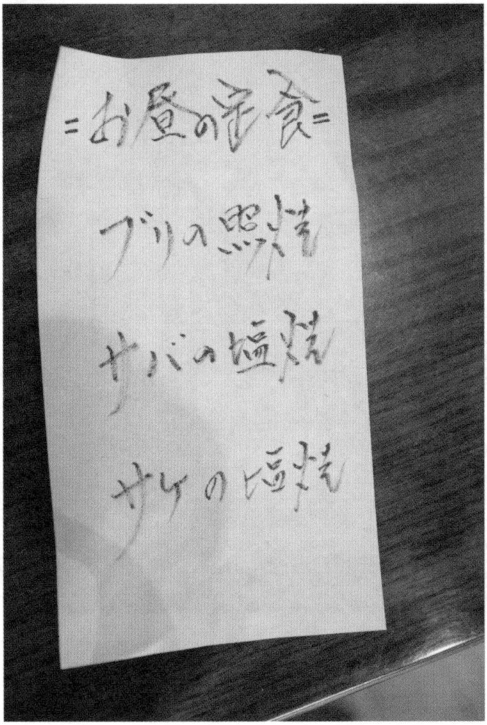
=お昼の定食=
ブリの照焼
サバの塩焼
サケの塩焼

这家餐馆是很少见的可以加汤的店，
就在学校前面，名叫“滨富美”。

老板叫小西昭雄，
他们夫妇二人拿出来的菜单，
页面已经老旧泛黄，常年只提供三道菜。

鲂鱼套餐，
烤青花鱼，
烤三文鱼。

日历、透视法与心理学

在德国，如果一个人在大街上走着不小心摔了一跤，那么德国人会这样表达关切之意："Alles in Ordnung？"意思是"您没事吧？"这句话按单词顺序直译过来就是："一切都整理好了吗？"这是相当德式的表达。对德国人而言，周围的一切如果没有整理得井井有条，规规矩矩，他们就会惶恐不安。虽说在整理归纳这方面德国人似乎表现得有点过了，但对尚未整顿的混乱状态产生厌恶情绪是人类的共性。

最难整理的就是"时间"和"空间"，而文化就是人类在试图整理时间和空间的这个艰辛的过程中形成的。首先是时间，德国哲学家马丁·海德格尔（Martin Heidegger，1889—1976）将人类存在的本质定义为"不安"，因为我们不知道自己从何处来要到何处去。他提出一个概念叫"被抛状态"，意思是人的存在就好像是"被丢进现在的时间里"。人类无法克服因时间而产生的焦虑感，被迫过着漂泊不定的生活。

为了克服对时间的恐惧，人类发明了日历，将时间分隔为一天24小时，一周7天，一个月4周，一年12个月。这样，时间就以每天、每周、每个月、每一年为单位循环往复。会重复的事情一点也不可怕，所以每一次新年伊始，人们都会乐此不疲地下各种决心，打定主意戒烟减肥，相信无论上一年过得多么糟糕，新的一年也能重新开始。

韩国中年男人为什么如此热衷于打高尔夫？是因为只需要半天就能重新开始18次！把球打进小洞里这项运动能重新开始，光这点就让人非常感激了，人生的时间可以反复重来将近八九十次，又该有多开心啊！难怪每一年刚开始的时候，人们都要隆重地庆祝一番。

如果说人类通过“重复”克服了对时间的恐惧，那么对于在难以整理的无限延展的空间中所感受到的恐惧，人类又是通过什么方式克服的呢？答案是“透视法”。“透视法”是一项革命性的发明，它以消失点为中心赋予了无限空间一定的秩序。通过“透视法”，人类可以对神所创造的世界进行随意的再创造。

透视法可以将三维空间准确地再现在二维平面上，自从有了这项发明，人类对无限空间的原始恐惧终于得到了释放。呈现在二维平面上的空间是可以控制的，我们没有理由对自己能随意掌握的空间感到恐惧。克服了空间恐惧的人类变得无所畏惧，于是决心将三维空间建设成二维平面。（今天的环境问题也是从这里开始的。）

通过透视法对空间实现再构建的范例是法式庭院，尤其是路易十四的凡尔赛宫里的庭院，是展示透视法式空间结构的巅峰之作。

以连接地平线末端的消失点与国王窗户的直线为中心，设计了左右对称的庭院，给空间赋予了规则。这是通过在空间里建立秩序感来明确所有权的做法。事实上，在私有物品上建立秩序感是人类很早以前就做过的事情，即“纹样”。人类会在陶器或织物上设计“纹样”来明确自己的所有权。在世界任何地方都可以看到类似梳齿纹一样整齐对称的纹样，因为秩序感令人类感到心安。

拥有着绝对权力却对其莫大王权始终惴惴不安的路易十四，命人在视线所及的范围内都修建庭院，给庭院赋予原始纹样和秩序感，试图找回心灵的安宁。绝对君主制崩溃后，新加入的近代权力更加鲁莽，开始把原本只是体现在庭院里的透视法原理扩大到整座城市，最具有代表性的例子就是由乔治－欧仁·奥斯曼男爵（Baron Georges-Eugène Haussmann，1809—1891）规划的“巴黎重建计划”，以连接凯旋门和香榭丽舍大街的直线为基准，对整个城市实施透视法的秩序。（此刻我所说的话，可能是十几年以来我所有想法中最像回事儿的！）

近代以后新建的城市都以类似的规则和秩序为基础，但在人类如此执着的努力下，依然存在一些欠缺。人们将规则和秩序胡乱塞进私有物件和空间里，欺骗自己说时间是周而复始的。如果人类不在最后一块领域中建立秩序，就永远无法摆脱焦虑。

这最后一块领域就是“心”。进入20世纪以来，在经历了人类历史上两次最可怕的战争之后，人类终于掏出了被称为“心理学”的最后一张底牌。心理学是继日历和透视法之后，人类用来抵抗不安而开发的最后一种手段。当然，现代心理学是否真的提出了具体

任何人都有需要在心里刻画梳齿纹的时刻

2014 | 730mm × 605mm | 画纸，水干颜料，岩绘具

的解决方案，又是另外一个完全不同的问题了。

独自生活总是让人感到不安，在国外生活更是如此。我专攻心理学 30 余年，却似乎依然没能找到可以解决我中年惶恐不安的解决方案，所以我决定用原始的方法解决这个难题，那就是在心头刻画梳齿纹。

日本大妈们晒被子晒得很勤。“阳光可真好哇！”我一边想着一边推开窗户，发现家家户户的窗框上都晒着被子。于是我也晒被子。空气格外清新的乡下，处处一尘不染，只要把被子挂在阳光充足的窗框上就可以了。整个下午我都在画画，直到傍晚时分才从学校返家，远远望去，看到我的窗框上也挂着被子，别提有多开心了！就像有人在等着我回家一样。晚上盖着干爽的棉被，心里暖洋洋的，孑然一身的生活也甘之如饴。在绚烂的秋天里晒被子，我的心灵上边被刻画出一道美丽的梳齿纹。

被抛状态

这是 1927 年，德国哲学家马丁·海德格尔在《存在与时间》中阐述的存在主义哲学的核心概念，意思是说人类是与自我意图无关的“被抛到这个世界的存在”，也意味着作为有限存在的人类的被动性。被抛状态通过“忧虑”（Sorge）自觉产生，即当人类被“我为何存在于此？”这样的疑惑和不安所困扰时，就会产生“我是被抛到这个世界的存在，我无法摆脱这里”的念头。认识到人生是有局限的、被动的，反而有了一个“筹划”（Entwurf）的契机，即开始积极探索最终不得不走向死亡的存在的意义。

海德格尔的哲学极为艰深。读大学时，我好几次努力想读懂韩文版的海德格尔的解说书，却都无一例外地放弃了。德文原著也是难得离谱让人不知所云，只给我一种他在玩文字游戏的感觉。

事实上，没有任何一门语言像德语这样适合玩文字游戏，无论怎样组合都可以成为说得通的新词，这跟日本人把汉字任意组合成稀奇古怪的词语如出一辙。德语中最长的单词是“Rindfleischetikettierungsüberwachungsaufgabenübertragungsgesetz”，意思是“牛肉标签监管责任委托法”，这个单词由Rindfleisch（牛肉）、Etikettierung（标签）、Überwachung（监视）、Aufgaben（义务）、Übertragung（委托）、Gesetz（法律）六个单词组成。在德语中类似这样的词还有很多，德国学者们就像玩笑般地创造这类单词。

“被抛状态”（Geworfenheit）这个单词也是在“抛”（werfen）的过去分词“geworfen”后面添加后缀“-heit”构成的名词形态。过去分词变成名词后产生“被动”的含义，直译为“被抛的东西”，然而韩国哲学家们却认为，这么有格调的单词是不能被翻译得如此随意。

实际上，专家的义务是让晦涩的内容变得浅显易懂，如果原本晦涩难懂的内容，经专家解释之后变得难上加难，那么他们还配得上“专家”这一称呼吗？从这个意义上说，韩国那些研究西方哲学的专家们恐怕都得辞职了。“要是解释得大家都听得懂岂不是很没面子？”类似这种装腔作势的专家式论调究竟出自何处呢？

德国哲学之所以晦涩难懂，正是由德文特有的组合造成的。试问西方人就一定能理解汉字随意组合后写成的东方哲学吗？一定能深入体会退溪李滉[①]的哲学吗？并不能。相比我们在理解黑格尔及康德哲学上感受的艰难，恐怕他们的挫败感会更强烈吧。因为我在学习黑格尔及康德哲学时遇到的困难和阻碍，不是由于我的无知，而是由这个国家“不正经”的文字造成的。“因为这个国家的哲学水平太高所以我不懂也不会”，是时候抛弃这样笼统的“边缘人的自卑感”了。

奥斯曼男爵的“巴黎重建计划”

今天的巴黎是人人都想去的美丽城市。那么，巴黎一开始就是这样的吗？当然不是。原来的巴黎，上下水道设施乱七八糟，就连那些富丽堂皇的王宫里也没有像样的厕所，都是随便找个地方偷偷解决。也有传闻说，女性的裙摆像雨伞一样撑开，是为了可以随处“方便”，所以在胡同的角落里撑着阳伞优雅伫立的女人其实是在小便。总之当时的巴黎污秽不堪，传染病一旦爆发就很难遏止。不但如此，环境也很复杂，道路迷宫一样纵横交错，一辆辆马车把狭窄的道路挤得水泄不通。

① 李滉，号退溪，朝鲜李朝时期的唯心主义哲学家，朝鲜朱子学的主要代表人物。——编者注

在伦敦流亡过很长一段时间的拿破仑三世决定要彻底改变巴黎的落后面貌，于是在1853年命令奥斯曼男爵对巴黎的城市结构进行大刀阔斧的整体改造。奥斯曼男爵先制订了系统的重建计划，通过调整公路系统、扩建绿地、完善城市设施等一系列有力举措，对巴黎进行了大规模整改。

其结果是，四通八达的直线通道陆续竣工，新颖别致的建筑物拔地而起；随处可见绿茵茵的草坪；排水系统得到完善；更有一盏盏煤气灯把整个巴黎的街道映照得一片光明。虽然当时由于工程费用庞大，惹得巴黎市民怨声载道，然而奥斯曼男爵的"巴黎重建计划"功不可没，为巴黎成为如今世界著名的观光胜地、成为欧洲中心城市打下了坚实的基础。

奥斯曼在宽阔的街道两旁种满林荫大树，渐渐地，被称为"Boulevard"的林荫大道两旁进驻了各式各样的店铺、咖啡屋、餐厅。具有近代意义的"乐趣"一词就是从这里诞生的。

今天大众广泛使用的"趣味"一词，诞生时间并不算长，只是随着"观光"一词的兴起而逐渐演变成日常用语，而"观光"也是遍布林荫树的商业街崛起以后的事了。在此之前，"旅行"大多都是具有宗教意义的朝圣之旅（随着遍布林荫大树的商业街的崛起，人们去购物、去咖啡屋喝咖啡的旅行才开始流行起来）。

————

阳光灿烂的日子
女人们为了家人晒被子。

所谓爱啊
在为对方着想的瞬间
便已实现了。

只有女人才懂如何去爱。
男人是绝对不明白的……
因为男人一结束只会倒头就睡！

————

再睡会儿吧，晨报还没送到呢

不知道从哪天开始，中年男人们开始用 kakaotalk[①] 发送群消息。他们发的多是一些杂乱无章的内容，大致可分成三类：貌似感人却不免令人尴尬的故事；有共鸣却不忍回望的忧伤记忆；然后就是一些低级幽默了。当然偶尔也能收到一些叫人眼前一亮饶有趣味的消息，例如笑星南熙锡发送的精彩最新热门消息，洪成泰教授发送了很多风格奇特的资料，还有崔昌原副会长发送的堪称艺术水准的资料等等。（衷心感谢以上三位！）

有时同样的内容居然能重复收到好几十遍，至今我收到次数最多的一条消息是“高尔夫球与子女的共同点”。比如“不能攥在手里打！”“一时一刻都不能分神！”之类令人发笑的内容。不过对于文

① 韩国一款类似微信的免费聊天软件。——编者注

中提到的第一个共同点我倒是非常同意，那就是：“都不能完全按我的意思来！”仔细想想就会发现，这才是情理之中的事，子女是不可能完全按父母心意长大的，反而是那些完全顺从父母心意的孩子，日后才更令人担心。

因为世事不合心意就火冒三丈，这本身就已经愚蠢之极，然而这片土地上那些所谓的成功的中年男士，却由于不能随心所欲地支配周围而惶恐不安。这就是“控制强迫症”，越是强调自己的成功是昂扬的斗志和坚持不懈的努力带来的结果的人群，就越容易被控制强迫症裹挟。所以他们总是凌晨 4 点就醒来，在家人都还熟睡时悄悄起床，惦记着“晨报怎么还没送到呢？”反复打开玄关的门张望，这就是对无法控制的现状感到不安的表现。

如果只是凭借社会地位或拥有财富的多寡来定义成功，那么成功纯粹是运气，理由是这世界上有太多事，光凭“努力”是办不到的。在成功这件事上，才能和性格比努力更重要。首先必须才华出众，这是过去 13 年我从教授生活中获得的最直接的心得体会。资质平平的学生再怎么努力，也跟庸庸碌碌的 CEO 认真工作一样没有用。想我 50 多岁的人了，艺术方面的才华才刚刚显山露水，我的实际情况不更能说明这一点吗？我高中毕业以后就以全校 400 多名的成绩留学德国，一去就是十几年，吃了很多苦，直到现在回想起来依然心有余悸。

性格也是成功与否的关键。学习这件事本身就是性格的体现，那些个性鲜明且执着的孩子大都学习不错。成功这件事也一样，那些在不确定的情况下敢于勇往直前的人，获得成功的概率自然更高。

反过来，假如每天都处在一成不变的可预测的环境里，试问能有什么新的机遇主动找上门？同理，承受失败也需要勇气。然而，无论是挑战不确定的勇气，还是承受失败的勇气，两者都不是靠努力就能获得的。

从大范围来看，才华和性格都属于运气的范畴，可是几乎所有人都认为努力就会成功。为什么会这样？因为这么想才显得格调高雅。“成功是努力的结果”，用这样的因果论来诠释成功，在工业化时代是非常有格调的观点。作为导致“控制强迫症”和不安的原因，“努力－成功因果论”的诞生并没有多长时间，是美国的成功学图书席卷全球出版市场时，也就是20世纪后期才出现的现象。越是在失去精神寄托的狂躁不安的时代，“努力－成功因果论”越容易被接受，理由就在于它既简洁又明确。

美国文化史学者斯蒂芬·克恩（Stephen Kern，1943— ）解释说，规定原因和结果的因果论是19世纪中期的产物，因为这是人类历史上变化最激烈的时期。对于无论如何也无法追赶变化速度的人类来说，让他们相信变化是可以预测并可控的因果论是近乎宗教的安慰。从此，因果论、决定论、法则、发展、预测等概念，逐渐成为人文科学及自然科学的专业术语。

斯蒂芬·克恩指出，蕴含预测和控制含义的19世纪的因果论是具有时代局限的相对概念。因此，期待19世纪的因果论适用于21世纪多元化的世界是非常愚蠢的想法。把去除时代背景的概念草率地推广普及，必将带来各种隐患。重拾历史发展的“阶段论”，就会陷入单线进步的教条主义；再次套用“努力—成功因果论”，会把个

随心所欲是奇怪的

2013 | 220mm × 273mm | 画纸，水干颜料，岩绘具

人推向控制强迫症和不安的死胡同。因此，“努力—成功因果论”和历史阶段论一样不符合时代的特性。

但这并非主张不要努力，更不是鼓励人们抱着得过且过的消极态度生活，而是提醒大家不应单凭“努力”二字诠释成功，更不应该被这两个字牢牢控制。只有摆脱焦虑才算成功的人生，睡得香笑得灿烂才是真正的成功。

还有一点，那些在人前表现出来的谦虚大都是牵强的，无非是为了避免刺激他人的嫉妒心，以防受到伤害而使出的假惺惺的伎俩，大家都知道那些是假的。所以，人应该对自己的命运怀有真正的谦卑之心，不要把一切都归于自己的努力。只有那样，才不会焦虑得早早从睡梦中惊醒，才可以再睡一会儿。

运气和努力

人生在世，有很多事都不得不用“偶然”二字来解释，因此有“运七技三”的说法，意思是对于成功，运气占七分，才华和努力占三分。也就是说，即使在生活方式相对简单的过去，运气也占足七成；而在社会结构比从前复杂太多的今天，运气在成功这件事上所占的比例，已经远远超出人们的想象。不可预测的事情层出不穷，但仍有数不清的成功学书籍主张“愚公移山”。

“愚公移山”这个故事里愚昧的老人认为，哪怕是有悖常理的想法，只要坚持不懈就能实现。现实生活中那些怀着类似信念的人也认为，只要持之以恒地努力就能随心所愿。这类成功学书籍的背后，隐藏着所有事件的责任全都取决于个人的“个人主义世界观”。

西方心理学将此解释为“控制观”，指个体对自己生活中发生的事情及其结果的控制源的解释。这个解释分为两种类型：一种认为他们面临的事情取决于自身无法控制的因素，称为“外部控制观”；一种认为所有的事情都取决于自身的努力和实力，称为“内部控制观”。

以个人为研究单位的心理学显示，自尊心越强，越有强烈的欲望开拓命运的人，越是“内部控制型人格”。正因如此，所有心理学的结论最终都指向能开拓命运并且有能力为命运负责的“个人”。这句话没有说错，它意味着必须正确理解个人主义世界观的结构，因为只有这样，个人才能从盲目推进的“无知的乐观主义”的弊端中获得自由。

————

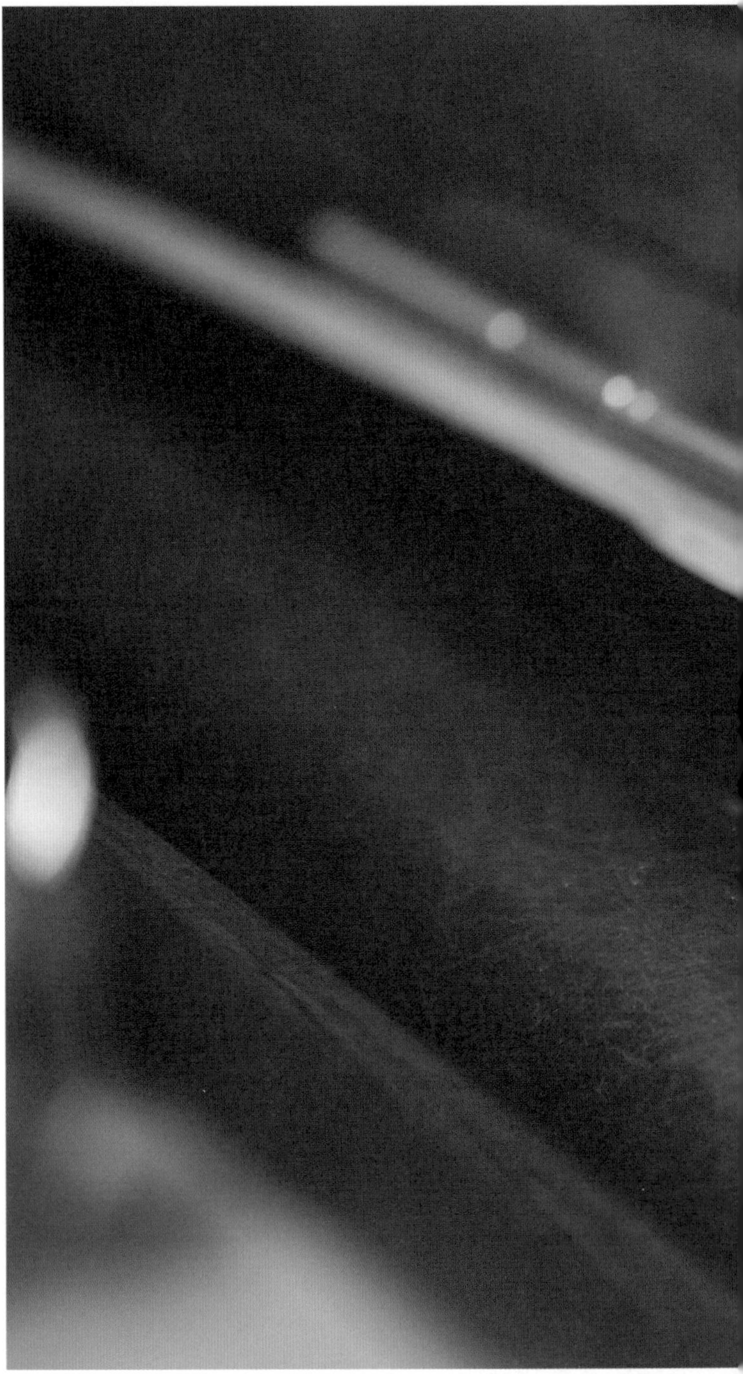

有个东西我绝对不买，
那就是“抓挠儿”。

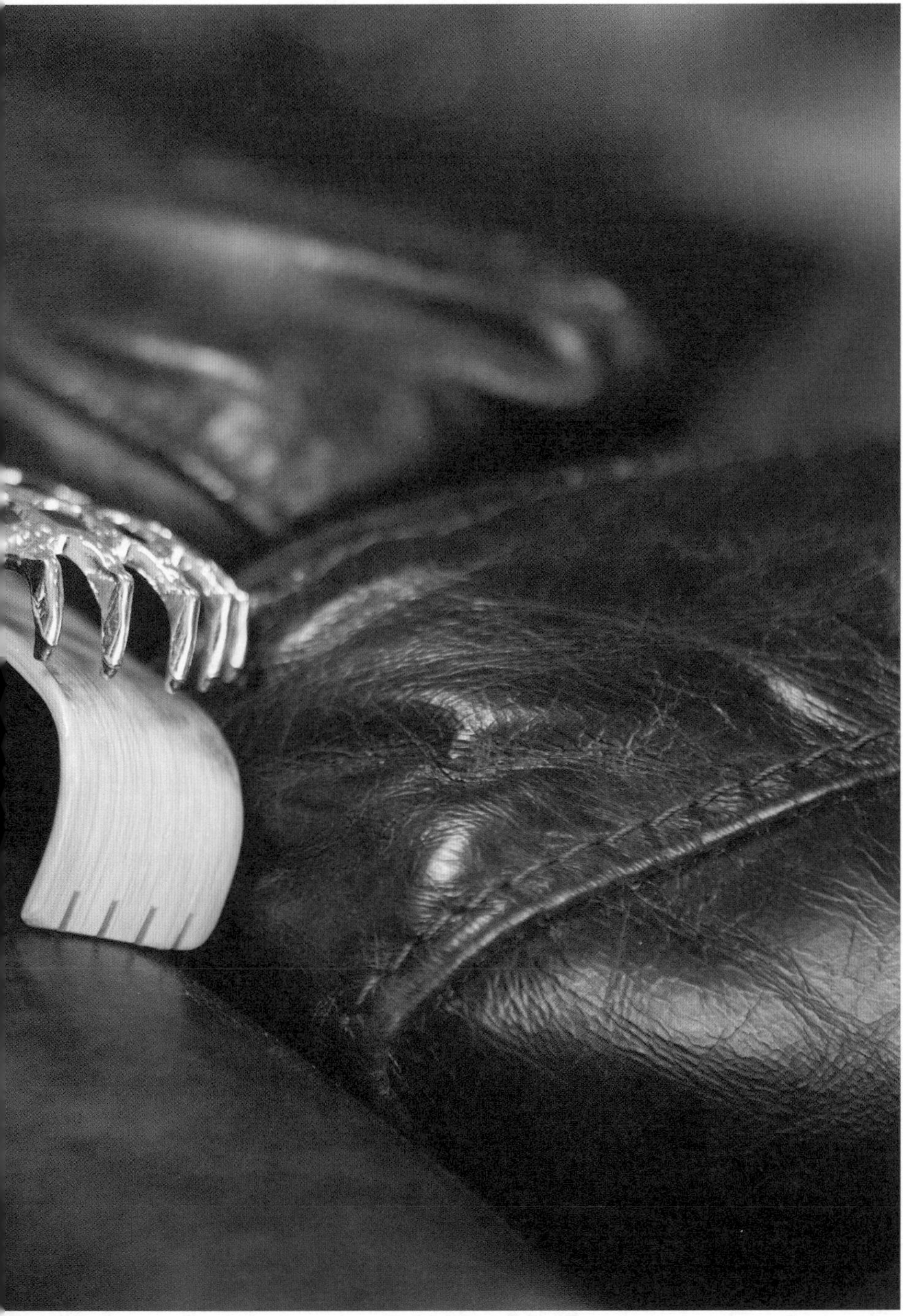

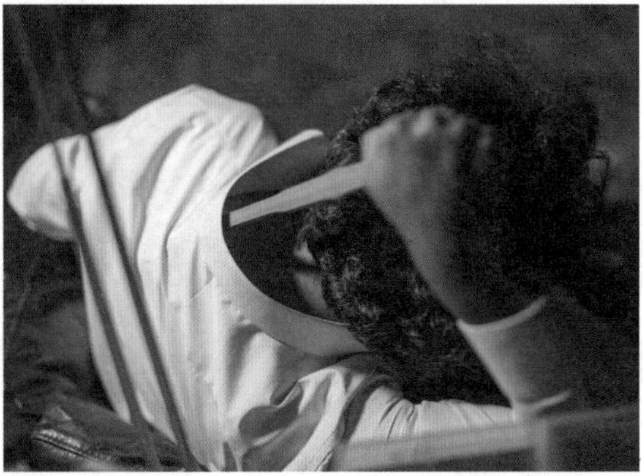

当一个人开始接受
原本很难接受的东西时，
会变得成熟。

焦虑就看不见森林

国民演员安圣基夫妇来京都游玩时，我们一起小聚了几日。安圣基的夫人不仅拥有堪比现役演员的美貌，言谈举止更是率直坦诚。她饶有兴致地和我聊起跟“安圣基”这个名字有关的趣事。本来他们的儿子是“焕”字辈，所以大儿子出生后，他们夫妻二人还煞费苦心地考虑要不要给儿子起名叫“安高焕”。安夫人一脸调皮地问我：“安圣基和安高焕[①]，是不是特别般配的父子名啊？”（幸好后来已故小说家崔仁镐给他们的长子取名为“达彬”。）

热爱生活的安夫人，在大丸百货大楼的地下食品区流连忘返，好奇地打量各式各样的日本食品，恨不得全部买回家。面对妻子，安圣基没有使用过任何一句“不许买”“不行”这样的否定表达，只

① “圣基”的韩语谐音为“性器”，“高焕”的韩语谐音为“睾丸”。——译者注

是说："素英啊，这东西有点……""素英啊，再考虑一下吧。"天不怕地不怕的男子汉大丈夫安圣基就那样拎着一堆塞满食物的袋子跟在老婆身后，小心翼翼地提醒她说："素英啊，咱们好像该去别的地方了吧。"

安圣基每次呼唤妻子的名字时都很深情，这一点让我非常动容。韩国大部分中年女性似乎都遗忘了自己的名字，因为外人都称呼她们"谁谁的妈妈"或"谁谁的太太"。随着儿女长大成人，离家远走高飞，中年女性面临的落寞空虚很容易导致她们陷入自我认同的危机。安圣基夫妇的两个儿子，一个去参军，另一个去留学，此时妻子心里那份空落落的感觉可想而知。作为丈夫，安圣基及时体谅到妻子的心情并时刻给予安慰，这就是他在我心目中如此帅气的原因。

中年女性感受到的心理危机虽然很严重，但相比之下，退休的中年男性对自我的认同感更加混乱。对韩国男人来说，没有比光鲜亮丽的名片消失更恐怖的事了。人是社会性动物，每个人都希望自己辨识度高以证明自身的价值，因为"被别人认出来"本身就是权力的表现。那么如果别人没认出自己呢？这时候人们通常会递出自己的名片，这是因为大多数人都羞于亲口吹捧自己。

如果我们稍远一点观察互换名片的两个人，那么这二人的地位高低则一目了然。因为互换名片后两人的态度会截然不同。社会地位较低的人，鞠躬幅度更大，笑得更多。反之，地位较高的人则是象征性地笑一笑。这跟动物世界里的雄性动物通过比试犄角长短来较量强弱是一个道理。

然而人生在世，诸如此类的头衔却似朝露降临人间，来去匆匆转瞬即逝。社长、理事之类的头衔，一般只能维持两三年；而部长和副部长能熬过一年就算庆幸了。所以，每到人事调整期，我都会密切关注报纸的动向，以便随时掌握我那些成功的老友们的近况，避免聚会时糊里糊涂造成什么失误。

像教授、老师、公务员这样年限长的职业，从某种意义上来说也不是绝对的好事。从前不少人退休之后很快就去世了，但现代人的寿命普遍延长，可能会活到 90 岁。试想一下：如果 50 岁退休，那么还有大把机会开始一份新工作，毕竟还不算太老，但是在职年限长的工作就另当别论了。熬到花甲之年才退休，人生抵达耳顺之年已然气力不足，勇气也渐失，根本没有办法做新的尝试。因此在职时间长也不值得大肆吹嘘。

老龄化社会的根本问题不是“养老金”，而是退休后人们的“身份认同”。对于丧失社会存在感，无法确认存在价值的退休群体而言，如何安度剩下 30 多年的漫长岁月，这才是让人焦虑不安的根本。“不安”原本是对未来茫然无知的年轻人才有的情绪，而老人作为拥有丰富人生经验的“过来人”，应该在年轻人感到困惑迷茫时及时给予指导和安慰，这样的社会才能保持稳定健康。然而如今，不知道要怎么度过人生后半场的“年轻老人”却越来越多。

更重要的是，一个人焦虑不安，看世界的眼光就会变得越来越狭窄。假如用森林和树木做比喻，就是说焦虑之下，眼中只见树木不见森林。美国社会心理学家托瑞·希金斯（Tori Higgins，1946—　）将人类行为的动机分为两类，即趋利的“接近动机”和

活得比想象久太久的猫咪

2014 | 148mm × 100mm | 水彩画纸，色铅笔，水彩颜料

避害的“回避动机”。以肯定的眼光看待世界的接近动机使“整体感知”（森林）更加活跃，相反，以否定的眼光看待世界的回避动机则会促进“局部感知”（树木）。希金斯和同事通过研究发现，焦虑会增强局部感知，而幸福则增强整体感知。

老人的智慧在于看到森林，即着眼于大局。随着视力下降，记忆力衰退，老年人着眼于整体脉络的智慧不减反增，这是老人学（gerontology）一贯的研究结果。然而，随着人类平均寿命延长，陷入自我认同危机的“年轻老人”越来越多，他们放眼大局、指导社会发展方向的慧眼也逐渐消失。焦虑的年轻人只见树木不见森林，不安的“年轻老人”也同样如此，再也没有人能放眼全局、展望未来。

如今，进步和保守的对立不再只是意识形态的对立，也演变成焦虑的双方，即一代人与另一代人之间的对立。所以一到选举期，刺激不同世代的民粹主义就粉墨登场。焦虑的“年轻老人”打着保守的旗号与年轻一代对立冲突；希望他们看见我的观点不要大发雷霆。要知道，乱发脾气本身就是焦虑不安的体现。

退休后将开始怎样的新生活？我们必须对这个问题深入思考。难道要靠可怜巴巴、微不足道的退休金混吃等死？绝不。把平均寿命 50 岁的年代里形成的价值观，运用到平均寿命 100 岁的年代里，大家都苦不堪言。把平均寿命 50 岁的价值观，强行灌输给能活 100 岁的年轻一代，岂不愈发加重他们的焦虑？只有胸怀温暖之心，放眼整个森林，个人和国家才能平安幸福。

身份认同

身份认同（identity）这个词具体表示“自我认同”“自我同一性”，由identify一词演变而来，后者表示“确定”“识别”“认出”。身份认同是美国精神分析学者爱利克·埃里克森（Erik Homburger Erikson 1902—1994）以心理学理论确立的专业术语。

“自我”指个体对自己存在状态的认知，是个体对其社会角色进行自我评价的结果，具有时间上的连续性。对于在多元文化环境中成长的青少年而言，“我是谁？”这个问题始终困扰着他们。例如：在美国或日本长大的韩裔青少年，会对自己的文化认同感到困惑。实际上，埃里克森在成长过程中也曾有过对经历身份认同的混淆——自己到底是德国人、丹麦人还是犹太人？正因为自己的亲身经历，他才把“身份认同”这一概念积极纳入心理学发展理论之中。

埃里克森的社会心理发展理论阐明，一个人的人格发展并非终止于儿童时期，而是贯穿中年时期和老年时期的整个人生，并且是一个个阶段式的发展历程。随着各个阶段的社会互动模式不同，心理机制也会有所区分。韩国中年男性面临着非常严重的自我认同危机，就是因为其名片上的头衔消失。当他们在职场打拼时，所有的社会互动均与工作有关，比如跟公司同事或业务上有关系的人一起喝酒、吃饭、打高尔夫球等，然而从退休的一瞬间开始，这些人际关系都被画上了休止符。

那时我们没有办法确认自己的身份，青少年时期发出的“我是谁？”这个疑问再次席卷而来。当一个人再也看不到新的发展或可能性时，疏离感和忧郁便乘虚而入，心理上也随之急剧萎缩。韩国大多数男人在退休以后都不得不以这种状态再活 30 多年。

接近动机与回避动机

美国社会心理学家托瑞·希金斯将人类的动机分为两大类，即接近动机和回避动机。接近动机是指为了接近自己希望的目标，也就是为了获得更好的结果而努力；而回避动机则指努力摆脱讨厌的对象。比如老师对学生说："努力学习才能成功"，这句话可视为在学生心目中种下接近动机的种子，而"考不上好大学，就会成为落后的人"，可被视为刺激学生的回避动机。

世事分为两种，一种适合用接近动机来说明，一种适合用回避动机来说明。希金斯认为，结果很快显示的事情，用回避动机（那样做会受损失）解释更有利，而结果延后显示的事情，用接近动机（只有那样才能成功）解释效果更好。

举例来说，向别人推销与退休生活和相关的保险时，应尽可能向对方展示，如果做了好的退休计划，晚年的生活就会丰富多彩。假如这时候没有好好介绍这方面的内容，而是介绍晚年在养老院生病衰老的状况，那么这种利用回避动机说服对方的方式，效果肯定不尽人意，因为那是很遥远的将来才会发生的事情。相反，就好比人们明白不遵守规则就会发生重大事故一样，很快就会显示结果的情况要利用回避动机说服对方，这样对方才有反应。

此外，接近动机能刺激想象力，回避动机让事情变得细致缜密。所以，要想发挥创新能力，应该刺激可以带来积极情绪的接近动机。换句话说，只有像玩乐那样工作，才能发挥创意。相反，要求缜密准确的工作应刺激回避动机，采取“处理不好就会发生重大事故”这样的方式施压。韩国为什么没有苹果公司那样的公司？用接近动机和回避动机来说明就不难理解了。

————

以为在芭蕾教室和插花店附近，
能遇到很多年轻貌美的姑娘，
实在是毫无根据的幻想！

フラワーショップ ばん
Flower Shop Ban
100円

这个秋天，
要么庸俗，要么孤独

每年一到 10 月 31 日，韩国人就会反复听到李勇那首《被遗忘的季节》。这首歌用朴实的钢琴独奏缓缓拉开序幕，演绎了一段虽然以落寞的分手收场，却在记忆中留下深深烙痕的恋情，是一首令人动容的好歌。

20 世纪 80 年代初期，作为心理战的战术之一，在休战线的铁栅栏附近，韩国向北边播放旋律轻柔的韩国流行歌曲，现在想来这招儿还真是高明！1982 年秋天，我在华川北方铁栅栏，每天夜里只能收听这首《被遗忘的季节》，因为当时负责心理战的工作人员手头只有这一盒流行歌曲磁带。

皎洁的月光下，沿着秋日山涧流淌的李勇的歌声——“现在还记得吗？”“真的一句话都不说就要分手吗？”一遍遍敲击着 20 出头的士兵们的心头。这首歌一播放，不论资历高低，每个人都傻傻地凝望着夜空，眼含泪水，感觉所有的一切都令人悲伤、惋惜和怀念。不论是眼前的铁栅栏、枪口还是分裂，都化作意念，只有李勇颤抖的歌声是最真实的存在。

30多年过去了，直到现在每年一到10月，我依然会翻出这首歌静静聆听，因为至少在听这首歌的过程中，我脑海中充满善良单纯的念头。我可以肯定地说，在10月的最后一天我从未有过任何淫荡的想法。

每年秋天听李勇这首歌时，我总会情不自禁地想起一句诗："人生像旧杂志封面那样通俗……"那是我高中时第一次读到的朴寅焕（1926—1956）的诗作《木马与淑女》中的一句。

朴寅焕在喝酒时一定会谈到的弗吉尼亚·伍尔夫（Adeline Virginia Woolf，1882—1941），当时我以为她真的是一匹狼（wolf），做梦都没想到她竟然是一位女作家，还下定决心要像那匹潇洒的狼一样，做一辈子"孤单的狼"。我朋友圭贤的想法更荒诞不经，他居然说歌手朴麟姬是朴寅焕的亲戚，只因他俩名字中有两个字一模一样[①]。前几天我俩见面，他还坚持这个说法。

朴麟姬曾经演唱过朴寅焕的另一首诗《岁月流逝》，这首歌听起来也很棒。"爱情走了，昨日仍在，夏天的湖边，秋天的公园……"一口气读完这几句，一股茫然的思念涌上心头，叫人喘不过气来。对于当时刚经历过殖民和战争、土地一片荒芜的韩国来说，湖水在哪儿？长椅又是什么？所以同一时代的诗人金洙暎（1921—1968）

① 在韩文中，朴麟姬（박인희）和朴寅焕（박인환）前两个字相同。——译者注

就曾嘲笑朴寅焕说，“他只是一个附庸风雅的诗人罢了”。

事实上，朴寅焕的诗总是让人难以理解，就好像金泰元[①]的歌一样，歌词完全给人一种脉络模糊的印象。大学时期，我们把他的诗和金洙暎的诗比较之后，嘲笑那是“殖民地知识分子懵懂的现代主义”。

那时候就是觉得只有嘲笑朴寅焕，痴迷金洙暎的诗才显得有品位。然而随着年龄的增长，每当秋天来临，朴寅焕的诗总像碎片一样自然而然地浮现在脑海里，可是金洙暎的诗却要刻意才能想起来。喃喃自语“朴寅焕”这个名字时，就会反复思考他抛出的人生课题，是选择庸俗还是孤独？是逃避被孤立而逐渐凋零，还是像骑着木马的淑女一样独自离去？

像“爱情已逝，昨日仍在”这样不能明确诠释，却依然在心头留下余温的这类记忆，心理学称之为“怀旧”（nostalgia），翻译成韩语就是“思乡”或“思念”，但怀旧是一种更为复杂的心理状态。

17世纪，瑞士医生约翰尼斯·霍弗（Johannes Hofer，1669—1752）在他的博士论文中首次使用了怀旧这个词，由希腊语的“nostos”（返乡）和“algos”（痛苦）组成。看到瑞士士兵因为太过思念家乡而产生消化不良、感冒、忧郁、晕厥甚至死亡的症状之后，他将这些统称为“怀旧病”。

许多瑞士士兵临死前都表示，他们听到了在故乡山谷里吃草的牛儿脖子上的铃铛声。对此，霍弗医生诊断说这是由于士兵们太过

① 韩国顶级摇滚乐队“复活”的吉他手兼队长。——编者注

思念家乡而导致大脑出现了幻觉。真是该死。怎么不管过去还是现在，医生们全都是一个论调呢？从那以后，怀旧病一词作为专业的精神病理学术语站稳了脚跟，用来解释无法适应现实、沉湎于过去或思念故乡的症状。然而事实上，怀旧病并不只是负面的。

最近，美国北达科他州立大学心理学系的劳特利奇教授主张，“怀旧具有能使生活变得更有意义的机能”。喜欢怀旧的人们不仅人生态度积极、自我意识强烈，而且更能忍受压力。劳特利奇把怀旧的心理功能分为三类：情绪乐观、意义赋予、关系养成。

也就是说，当我们情绪低沉、心情郁闷或倍感孤独时，可以重温过去那些美好温馨的时光，这样的怀旧情绪能让生活变得愉快且有意义。而那些在秋天里缺乏怀旧情绪的人们，可能会更加郁郁寡欢，心情落寞。甚至会在一些无关紧要的小事上斤斤计较，只是那些小事过几天谁还记得呢。

也就是说，在这灿烂的秋天里，千万不要窝在逼仄的房间里看各种报纸的政治或社会版面，为上面那些千篇一律、很明显是编造的故事而生气，更不要一整天抱着巴掌大的手机，看究竟有多少人为你点赞。

随着落叶变老并不是什么悲伤的事情。在这个秋天，只要记住那些美好的、让人心情愉快的东西就好，并且拼尽全力去制造一些日后一想起就会无比甜蜜，深深地刻在胸口的记忆吧！因为来日方长，又何必为凋零的落叶和被染红的枫叶而哀伤呢。

在秋天尽情地怀旧吧，只有度过如此美丽丰饶的秋天，才能忍受冰冷的冬天不是吗？天气马上就要变冷了。

我敢说，当年乘着木马离开的淑女后来变成了爱玛夫人

2013 | 275mm × 410mm | 画纸，水干颜料，岩绘具

弗吉尼亚·伍尔夫和意识流技巧

弗吉尼亚·伍尔夫是英国具有代表性的女性作家、以《远航》(1915年)、《夜与日》(1919年)、《达洛维夫人》(1925年)等小说而闻名。1929年，她发表的散文《一间自己的房间》获得巨大反响，甚至被认为是女权主义的教科书。她主张说，女性只要有固定的收入和一间只属于自己的房间，就能涌现出无数“女版莎士比亚”，并且对父权社会及男女不平等的问题逐一进行批判。

她的小说《达维洛夫人》因使用意识流技巧而声名远播。小说一般都是按照时间的流逝展开脉络的，即按照主人公的过去、现在和未来的顺序来叙事；当然，也有从主人公的现在追溯到过去的情况，但这并不等于脱离了按时间顺序叙述的方式；相反，意识流是按照人物思想流动的状态，想到什么就说什么的叙述方式。

运用意识流技巧的代表性小说是法国作家马塞尔·普鲁斯特的《追忆似水年华》(或译《追忆逝去的时光》)。当主人公品尝着红茶和玛德莲蛋糕时，往事就一幕幕呈现在眼前。对于那些已经适应以“时间流逝法”为叙事方式的读者来说，用意识流技巧创作的小说晦涩难懂。伍尔夫是女性作家中最先使用意识流写小说的。

事实上，这一技巧是把被称为“自由联想法”的心理学方法论应用到小说中。最初的心理学在挖掘人类内心的方法论方面非常薄弱，尤其是提出与人类无意识有关的精神分析学理论的弗洛伊德，因为找不到合适的途径去解析无意识而感到痛苦万分。

此时，弗洛伊德的弟子卡尔·古斯塔夫·荣格提出由“自由联想法”演变而来的“词语联想法”，被外界认定为弗洛伊德的接班人。（后来弗洛伊德因惧怕荣格的急速成长，将其从精神分析学派中除名。）词语联想法是一种将患者脑海中浮现的单词罗列出来的方式，也就是说，被罗列出的那些词语就是接近无意识的手段。

我认为，朴寅焕在他的诗中之所以提到伍尔夫，正是因为意识流的缘故，而他的诗中那些接连不断的、没有来由的意象，也是其意识流淌的结果。复活乐队的金泰元创作的歌词逻辑荒唐，也是意识流技巧的结果。伍尔夫—朴寅焕—金泰元，这三个人物的联结就是按照我的意识流思考的结果。

朴寅焕和金洙暎

朴寅焕和金洙暎是共同经历过韩国解放与韩战之乱的同事，论年龄金洙暎比朴寅焕年长五岁，但朴寅焕一直把自己的年龄夸大五六岁，因此两个人还是像朋友一样相处。直到朴寅焕去世，都没有人知道他的真实年龄。虽然两人一直形影不离，但他们的爱好和诗作的风格却有着天壤之别。

有一段时间，两人曾与另外几位诗人共同出版了一本诗集，名叫《新城市与市民们的合唱》，然而随着时间的流逝，金洙暎指责朴寅焕是“肤浅的流行追随者”，而朴寅焕则把金洙暎视为只懂得看人脸色的“卑鄙的现实主义者”。

金洙暎是没落的富家子弟，因为常年疾病缠身，未能如愿以偿考入理想的高中，从善邻商业学校夜间部毕业后，他又经历了日本留学和在中国东北部的生活，最后回到首尔，但却一直没找到像样的工作，因此十分彷徨。就在这段时期他与朴寅焕相遇，于是辗转于各种文人之间的聚会。

1950 年朝鲜战争爆发后，未能及时避难的金洙暎被强行征收为人民军，然后被带到朝鲜。联合国军队进驻平壤后，他从人民军里被释放出来，但随即又被押送到巨济岛战俘收容所。虽然经历种种磨难后终于成为自由人，先后从事过各种职业，但最终还是靠养鸡为生。偶尔发表的诗歌依旧没有摆脱“现代主义”的樊篱。

一直过着小市民生活的金洙暎经过 4·19 革命[①] 以后，仿佛完全变了一个人，开始果断勇敢地对这片无法摆脱桎梏的历史的土地进行抨击。他不仅按照自己的表达方式发表了《不稳诗》，还通过散文持续不断地表达与自己的政治意见、文学功能等方面有关的强烈观点，甚至还提出“反诗论”。金洙暎身体力行主张“文学的社会参与”。1968 年，他和李御宁[②] 就这一观点展开激烈争论，之后却因交通事故离开了人世。

① 4·19 革命，是一场于 1960 年 3 月起由韩国中学、大学生和劳工领导的学生运动，推翻了李承晚统治之下独裁的韩国第一共和国。由于最大规模运动发生在 4 月 19 日，因此被称为 4·19 革命。——编者注

② 李御宁，1933 年出生于韩国忠清南道，文学博士。曾任韩国第一任文化部长官（部长），著名随笔家、文艺评论家、小说家、剧作家、韩国文学研究学者、比较文化评论家。——编者注

朴寅焕比金洙暎早逝12年。1956年，在“天才诗人”李箱追悼日期间，连喝3天酒的朴寅焕因突发心脏停搏而去世。对这位诗人来说，这片贫瘠土地的现实一点都不重要，因为他相信无论现实多么痛苦，诗和文学都应该追求美好和优雅的东西。在他的诗中很难找到与痛苦的现实有关的记录。朴寅焕的诗充满了西方形象、浪漫的情趣和现代感。单从其代表作《木马与淑女》中展现的形象来看，正如金洙暎批判的那样，“流行追随者”的面貌跃然纸上；然而无可否认的是，朴寅焕的诗真的美极了，充满了悲伤的形象。

如果说金洙暎是通过1980年代抵抗军部独裁的学生运动而复活，那么朴寅焕的复活则完全得益于歌手朴麟姬的歌曲。朴麟姬不只唱了《木马与淑女》和《岁月流逝》，也唱过以“因为我们都不想成为被遗忘的面孔那样，变成形同陌路的人”开始的朴寅焕的另一首诗《脸庞》。1970年代末，朴麟姬演唱的朴寅焕的诗，一定被记在高中女生们日记本的某个角落。

我们不能因为认定金洙暎的诗中抵抗和进步的信念是正确的，就贬低朴寅焕是“逃避现实的、天真的西方追随者”。也不能因为朴寅焕的诗很美，就刁难说金洙暎的诗很生硬。“只应该读金洙暎的诗”，这样的观念就跟“只有朴寅焕的诗是真正的诗”这种想法一样荒唐。文学和艺术理应多多益善，只有那样，才能梦想一个与现实与众不同的世界。总之不管怎样，那些笃信“唯一正确论”的人是最可怕的。

————

————

在旅游景点购买礼物真的蛮了不起的。

这辈子

您是否有过

只是为了让别人开心

而这样花费很长时间

花费很多心思的时刻？

————

不是游客的我
买了一支冰激凌就离开了。

PART 2.

被别人改变是很痛苦的

一年开始的真正理由

每逢周末，德国电视频道一定会播放软性色情片，这是当年我刚去德国留学时使我震惊的第一件事。对于一个血气方刚的韩国年轻人来说，这无疑是一个巨大的文化冲击，于是我每个周末都看到双眼红肿，但一个月之后就感到很无趣，可以说这是德国特有的对付淫欲的“德式处方”。

第二件使我震惊的事是德国电视台每周末都播放一档名叫《周末电影》的节目。在这档节目里经常能看到好莱坞战争大片，既然是好莱坞战争大片，那必然美军从来都是“好人”，而德军永远是“坏人”；然而这样主题的电影，却能毫无顾忌地在堪比韩国 KBS[①] 那样最具权威的 ARD 和 ZDF 上面播出，这一点对我来说简直比色

① KBS，韩国广播公司电视台，韩国唯一的官方国家电视台。——编者注

情片更具冲击力。

二战时的德军是他们的父辈，虽说是纳粹时代的事了，但不管怎样父辈们是以反面形象出现，干尽坏事后成群结队地死在英勇神武的美军的枪眼下，而这样的电影每周末都会若无其事地播放给大家看，天底下真的会有这种事？看这些电影的德国人真的一点都不难受吗？我曾无数次问我的德国朋友们，最后我得出的结论是：他们认为纳粹时代的德国和他们的德国是不一样的。

希特勒的纳粹时代是被恶灵笼罩的丧心病狂的时代，面对历史，德国社会的一贯姿态是对当时犯下的罪行进行彻底反思并担起责任，因此不能把纳粹时代的恶灵与当今社会的心理层面混为一谈。正因为德国人认为好莱坞战争片中那些可怕的德国军人和他们没有任何关系，所以他们才能以影片主人公美军的立场看那些电影。

也就是说，德国大众在心理上成功地与希特勒纳粹时代进行了划分。从知识分子的历史谈论，到日常生活里的电视连续剧，时常提及“犹太人大屠杀”这一集体记忆，若非心理上经历过巨大的痛苦煎熬，做到这点谈何容易。不难想象，与不断自我怜悯、热衷于扮演牺牲者角色的日本相比，德国摆脱纳粹时代的阴影是一个多么痛苦的过程。

与过去断绝关系，是只有修正历史叙述的基本原理才能实现的事，而历史叙述是以时间的连续性为前提的。因此，德国文化学者扬·阿斯曼（Jan Assmann，1938—　）和阿莱达·阿斯曼（Aleida Assmann，1947—　）夫妇主张，历史不是时间，而是“记忆”，更确切地说是“文化记忆”。

在纸上描绘形成画作，
在心灵上描绘形成思念

2015 | 250mm × 190mm | 水彩画纸，油性笔，水彩颜料

BILLIE HOLIDAY
THE GREAT AMERICAN SONGBOOK

历史是根据社会文化脉络有选择性地再构成的“记忆理论”是以法国社会学家莫里斯·哈布瓦赫（Maurice Halbwachs，1877—1945）的“集体记忆”为出发点的。哈布瓦赫主张历史叙述绝不是客观的，而是带有“集结彼此的主观记忆，再加以建构”的特征。这样的集体记忆或文化记忆的手段不局限于历史教科书的字里行间，也包含在电影、绘画、电视剧、博物馆、美术馆、铜像等多种多样的形式里。（如此看来，以并排矗立在光化门广场的李舜臣将军铜像和世宗大王铜像为媒介的文化记忆是十分荒唐的，因为他们本该在不同的场所被记住。）

当今韩国社会的问题在于文化记忆很难统一，因为记忆的媒介过于多元化。看报纸的人通过报纸组成集体记忆，利用脸书和推特进行沟通的那些人则创造出属于他们自己的集体记忆。这些人的集体记忆和那些熟悉电视台晚间综合频道政治评论家的人的集体记忆大相径庭。由于集体记忆过于碎片化，因此社会成员可以共享的历史内容似乎消失殆尽。然而，无论社会成员之间有多大分歧，“一起生存”的共同前提是不可以消失的，这就是危机所在。此外，还有一个更大的问题就是各自的集体记忆掺杂的情绪，一言以蔽之，都是“愤怒”。

不能以愤怒和埋怨的情绪开始新的一年，怀着这样的情绪却指望来年万事顺遂，实在是太贪心了。对抗愤怒最好的办法就是“感恩”和“感谢”，家庭成员之间也是如此。有人说，“想在四下无人的夜晚抛下的”存在就是家人，然而，我们终究还是会和家人生活在一起，那是因为曾携手度过那些艰难时光，彼此心怀感恩。所以每到新年，全家人都要聚到一起，只因分开太久，彼此太想念了。所有共同体的组成原理都是一样的，如果没有可以共享的充满感恩的集体记忆，那么这个共同体就无法维持下去。

人类最美丽的情感就是“思念”。文字、绘画和思念的词源是相同的。在纸上描绘形成“画作”，而在心灵上描绘则形成“思念”。感恩和感谢是思念的方法，只有拥有值得感恩和感谢的记忆，才能产生思念之情。无论如何，我们都要从那些因愤怒和埋怨而荒废的、支离破碎的韩国人的集体记忆中，寻找所缺乏的“感恩的记忆”，这才是新一年的目标。只有这样，才能克服思想差异和意见冲突，也只有这样，我们才有理由共同生活在一起。

我也知道这些话听起来就像幼稚的道德教条一样，但是新的一年必须在这样正向的决心之中开始。如果不这样下决心，那还有什么理由要以年为单位结束好端端持续的时间，煞有介事地重新开始呢？我们绝不是为了戒烟或减肥，才这么大张旗鼓地迎接新的一年。

记忆理论

自 20 世纪后期后现代主义争论以后，史学陷入困境，因为以历史发展或者说以进步为依据的近代史学的基本前提动摇了。最近在全球各地兴起的因民族主义复活而引发的矛盾，似乎是历史的车轮在倒转。以客观事实为根据的实证主义历史叙述，也面临了极限，因为在许多“事实”中被认为重要的“事实”，其选择过程本身绝不可能是客观的。

出路之一是“文化史”，在叙述历史时，将焦点放在过去受忽视的文化层面，有别于以政治权力变迁为基础的历史叙述，也和现有以经济、社会构造变化为基础的历史学有所不同。例如近些年涌出的《书的历史》《知识的历史》《卫生间的历史》等，这样的素材无穷无尽。然而，尽管类似的文化史可以满足人们的好奇心，却很难克服现实矛盾。

另一种尝试是“记忆理论”。将之前一直从个人心理层面上讨论的“记忆”提升到集体层面上的人，是法国社会学家莫里斯·哈布瓦赫。所谓集体记忆，并不意味着只是单纯地回忆过去的事情，而是指根据社会情况和脉络重新组成的记忆。

个人记忆也会在这种集体记忆的关系中重新建构，因为碎片化和不完整的个人层面的记忆，可以通过集体或他人被赋予新的意义。当然也有相反的情况，那就是作家或艺术家的个人记忆与集体记忆碰撞的时候。

属于集体记忆的光复节，李御宁以“找回光芒”的解释，为“光复”添加个人记忆的意义。韩国被日本帝国主义强占时期，一到晚上就开始灯火管制，“关灯！”之声此起彼伏。可是解放后，人们就再也听不到这样的声音了，即使夜很深了也可以随意开灯看书。因此，“光复”实际上是找回光芒的意思。

思念

人世间最美的字词，在世界上任何一个国家都一定会包含这两个词，那就是“妈妈”和“思念”。尤其是“思念”一词，几乎可以说是所有艺术灵感的源泉，因此以“思念”为主题的文学和音乐作品数不胜数。比如德国的歌曲，要是去掉直接或间接与“思念”有关的歌，那简直没几首可以唱了。

在韩语中，“思念”比世上任何一个词都美丽，“思念”这个词与“画”和“书”这两个字的语源一样，都是由“刮”这个动词衍生而来。“刮”原本是指使用锋利的工具在物体上刻下痕迹，那么，以活字的形态刮就形成了“书”；通过线条与色彩在画布上刮，则成了“图画”；而在心里刻画想法或形象就成了“思念”，真是好美的一个词。

当渺茫的思念变为现实，这个过程中产生的心理反应是“心动”，而幸福的标准恰恰就是心动与否。轻松而悠闲的状态不是幸福，因为很快就会感到厌倦。反之，即使是微不足道的小事，但如果在实现它的过程中产生心动的感觉，那么这个过程也会成为幸福的时刻。爱，总是伴随着思念和心动。

————

走久了……

“孤独”

也会变成“思念”。

————

被别人改变是很痛苦的

我的后辈金庆日教授——长得很帅，可是头很大、下半身很短——专门研究过从济州岛偶来小路[①]徒步归来的驴友们的认知变化。当问起这些驴友去偶来小路有什么感受时，他们当下都想不出什么回答，但是隔几天再问他们，大部分人都说："之前一直困扰纠结的那些问题，徒步过程中好像一下都想通了。""偶来小路的效果似乎不错"。在这里，金教授通过引用英国社会心理学家格雷厄姆·沃拉斯（Graham Wallas，1858—1932）的孵化概念，解释了济州岛偶来小路的徒步效用。

作为创造性思维的先驱研究者，沃拉斯认为，为了解决创造的问题，需要时间让身体和心灵暂时与问题分离。当一个人暂时远离

① "偶来"是济州方言，意思是"连接大街与家门的窄道"，济州偶来小路是将济州海边的许多条小路连接起来建成的。（摘自韩国旅游官方网站）——编者注

无法解决的严重问题，转而把注意力放在其他不同的事情上，解决问题的方案便会不请自来。就像鸡孵蛋需要孵化时间一样，创造性解决方案出炉前也需要一段沉默的时间。没错，如果一直死守着无法解决的问题不放，对结果一点帮助都没有。如果因为问题一时得不到解决而痛苦难过，倒不如暂时先从问题中抽离出来。

光是徒步几天想法就大大改观，要是生活脉络发生改变，那么存在本身也必将有所不同。比如一直让父母操心的儿子一旦入伍，就会变成截然不同的人，说的就是这种情况。我儿子就是这样。每次我去看他，或者他休假时我们见面，那小子成熟稳重的劲儿真是好得没话说，让我这当父亲的好自豪啊。快要退伍时，他把自己当兵长的荣誉休假，大方地让给了因母亲患病而担忧不已的二等兵，在那段时间接受了游击训练，以至于我都对妻子产生了怀疑：这小子还是我儿子吗？像我这么自私的爸爸怎么可能生出如此无私的儿子呢？

可惜好景不长，这小子一退伍，“本来面目”就暴露出来了。又懒惰又邋遢，完全回到入伍之前的样子。每次跟他打照面我都会气个半死。那么，究竟是部队里那个彬彬有礼、帅气十足的儿子是真的？还是这个又懒又脏的家伙是真的？

当然，两个都是我儿子。因为所谓的“存在”，总是包含自身所属的脉络。影响存在本质的脉络，其相关的说明源于透过和“脉络”的关系，解释文本的诠释学。然而，直到20世纪，脉络的意义才真正成为人文、社会科学的研究领域。巴赫金的对话理论、社会学的象征互动理论、格式塔心理学、维果斯基的社会文化认知理论等均属这一范畴。

我的足迹，我的故事

2014 | 1170mm × 905mm | 画纸，水干颜料，岩绘具

가슴오리

根据这些理论，围绕主体的社会文化脉络并不只是对主体行为产生影响的外部因素，脉络本身就是构成主体的一个部分。这是因为，只有以“脉络的主体”为前提，才能解释文化究竟如何被内化成人类意识的一部分并传递给下一代。

特别是德国格式塔心理学把脉络作为具体的心理学研究对象。也就是说，人类在感知事物时，不会分别认识各个部分，而是着重于整体形态，这种现象便称为格式塔。此时，重要部分成为前景，其他部分成为背景。就好比人像摄影一样，人物清楚地显示而背景模糊处理，即失焦原理一样，只是问题在于前景和背景之间的关系并不是一成不变的。

根据将格式塔心理学原理应用于心理治疗的格式塔疗法，所谓生活，就是前景与背景之间关系不断变化的过程。当生活的某一部分成为关注的焦点，这部分就会成为前景，其余部分便成为背景；然而，随着时间的推移，脉络发生转变，原来的前景会退为背景，而曾经是背景的部分又突出成为前景。如此这般，格式塔不断形成和解体的这一连续的过程就是一个人的生活“叙事”。

问题是当前景和背景转换不顺畅的时候，本应退后成为背景的前景依然在坚持，而本应上升为前景的背景依然模棱两可，于是“我的生活叙事”变得不顺畅。根据脉络而理应不同的格式塔若陷入纠结的状态，不仅自己非常吃力，也会让周围人疲惫不堪。

这种情况最有可能发生在曾从事教学或指导性工作的退休人员身上，例如高级公务员、教授、公司高管、将军或政治家。虽然退休后生活脉络发生了改变，但他们却压根儿没有意识到自己的存在也跟着发生了变化，还一直重复以前挂在嘴边的话。这意味着，生活的格式塔形式遭到了破坏，我们绝对不能让这种事情发生！

改变生活格式塔的方法大致有三种：首先要改变“人”，不要总和熟人见面，不要总是重复同样的话题。类似同学会、登山会之类的聚会是非常“致命”的，要努力认识一些新面孔，倾听他们的故事才能使生活格式塔变得更加健全。

其次，必须改变“场所”，场所改变了，想法和态度自然也会改变。我在日本生活多年，切切实实体会到这一点。最近我比我儿子还懒还脏，由此看来，退伍的那小子的的确确是我亲儿子没错啊。

最后一点就是要改变“兴趣”。对一无所知的世界产生兴趣就必然要学习，世界上没有什么比唤醒和体验新事物更开心的事了，这是积极的格式塔转换。以上三点最重要的就是改变兴趣这一点，因为兴趣改变以后，无论人还是生活场所都会随之发生改变。

总之，无论如何人都应该具有自己转换格式塔的能力，如果自己做不到就只能被他人强制改变。啊！试问世间还有比那更痛苦的事情吗？

孵化

事实上，与创造性思维有关的理论并不多，而其中英国社会心理学家格雷厄姆·沃拉斯对创造性思维过程的解释被引用得最多。他将创造性思维的过程分为四个阶段，即：准备阶段、孵化阶段、明朗阶段、验证阶段。

首先，在准备阶段分析问题并收集相关资料，这个过程必须尽可能地积累大量资料，这样可用的资源也就越多。然后，当达到孵化阶段时，不成熟的想法经过一段时间后会进化为成熟的想法。孵化阶段需要多长时间取决于个人。在第三阶段即明朗阶段，利用瞬间的直觉或洞察力找到解决问题的方法，并在最后的验证阶段整理想法，并发展成创造性思维。

呼吁“创意经济”的韩国社会，最薄弱的环节就是孵化阶段。在过去几十年里一直马不停蹄疲于奔命的韩国人，认为创意经济凭认真就可以实现。当然，在准备阶段必须认真，然而孵化阶段却跟认不认真毫不相干，因为从物理和心理两方面与要思考的问题分离的时间才是所谓的孵化阶段。

在抽离问题的这段时间意外找到解决方案，这段时间正是我们常说的“休息”和“闲暇”时间。每周 5 天的工作制就是为孵化阶段制定的制度，而不是为了能在“狂热的周五”痛饮炮弹酒到天明。创造性社会的必备条件就是“孵化时间”。

在过去 10 多年里，我曾担任政府休闲政策论坛委员长、总统政策咨询委员会专门委员、韩国休闲文化学会会长等职务，并积极参与了每周五天工作制的具体化过程。我认为公休日和星期日重叠的情况对大众未免太不公平，所以在制定“补假制度”这件事上也付出了积极的努力。

工作与生活的协调（work-life-balance）、过劳死（burn-out）等概念都是由我率先引进韩国的，这些词在政府会议记录和研究报告中都能查到。在促进这些事的过程中，我身心俱疲，享受周末大把美好时光的韩国人理应特别感谢我，然而我所有的付出却无人知晓。所以，请允许我借用本书的一角炫耀一下，还望大家谅解海涵。

叙事

Narrative 一词通常被译成“故事”或“叙事”。美国认知心理学家杰罗姆·布鲁纳（Jerome Seymour Bruner 1915—　）将人类的思维分为两种：例证式思维与叙事式思维。例证式思维是自然科学式思维，是以因果关系的推理以及客观且普遍的逻辑为基础的思考；而叙事式思维则与行为意图、解释和赋予意义的过程有关。我们生活中的喜悦和悲伤主要受叙事思维的影响。

自近代以来，人文社会科学一直致力于通过借鉴自然科学的模式来客观解释人类行为，人类也被认为是具有逻辑和科学思维的理性存在。然而，随着20世纪下半叶后现代主义的出现，客观且普遍的“同一个世界”开始瓦解。从那以后，对包括不同世界观和表征模式的“叙事”的解释，成为一个重要的研究领域，布鲁纳称之为叙事转换。

人不是先思考后说话，而是为了说话而思考。生活的意义在说故事中形成，看似彼此无关的各种事件在故事中被编辑，并在这个过程中获得意义。

我写书的方式向来包含叙事的属性。彼此之间毫无关系的我的个人叙事、韩国社会的集体叙事，或欧洲、日本的叙事，都通过我的文章形成联结；客观且普遍的学术叙事也和我的个人叙事纵横交错。看似和我的具体生活毫无瓜葛的学术、集体叙事，在与我的个人叙事接轨的过程中，实现了另一种角度的解释。

真正的“趣味”就是这种“讲故事的趣味”，所以我用专业术语“B&G”来称呼我的写作方式，B&G 即“BBbeong & Gura”[①]的简称。

————

① 两个单词都是“扯淡”“夸夸其谈”的意思。——译者注

焦虑不安时，
或者生气时……
是没办法画画的。

不能具体化，一切都是假的

我在欧洲的博物馆和美术馆里闲逛了近一个月。几年前开始我就一直在研究两次世界大战之间那段时期发生的“认知革命”，这是文明史上统合说明最薄弱的部分，因为德国的纳粹主义导致所有知识流和资料都七零八落。原本我是为了追踪格式塔心理学的起源而开始了这部分学习，不知不觉范围却大到超乎想象，但这是我出生以来最有趣的一次研究。要是一开始读书就这么幸福快乐该多好呀，那样我早就是诺贝尔奖得主了。

近年来，德国和英国的博物馆和画廊开始提供将购买的书籍直接配送至海外的服务，只可惜巴黎和维也纳的服务还差得远。（蒙受伟大祖先的恩德如今又懒又死板的这帮家伙迟早要吃大亏的！）我疯狂地购买以前连想都不敢想的厚厚的艺术书，有些书比我本人还更早到达家里。这些沉甸甸的“大部头”整整齐齐地摆放在书架上，哪怕只是看一眼它们的封面我就感到无比幸福。但是，还有一件事比这些书更让我激动。

那就是我开始领悟到我最热爱的两位绘画大师——保罗·克利（Paul Klee，1879—1940）和埃贡·席勒（Egon Schiele，1890—1918），他们的作品为何总是给人一种独特感。不知从哪一刻起，克利的线条和席勒的色彩开始带给我非同一般的感觉。要是能把克利的温暖感和席勒怪诞的性融合在同一张画上，那将是多么非比寻常的创作啊。只可惜以前不管我怎么学习，都无法参透这两位大师的作品为何能给人奇妙的感觉，这曾令我非常沮丧。然而这次，我终于发现了其中的奥秘。

先说席勒的画。席勒的情色绘画之所以充满悲壮感，是因为使用了不透明的水粉颜料，当然这纯粹是我个人的拙见。维也纳的列奥波多博物馆里悬挂着多幅席勒创作的裸体女画像，其中多数作品下面的标签上都标注使用了不透明的水粉颜料。这些作品我已欣赏过多次，然而关于作品的颜料的说明我却是第一次看，因为特别好奇我还特意睁大眼睛仔细看了一番。最近几乎没什么人用水粉颜料了。因为它非常阴沉、实在不好驾驭。即使使用鲜艳的颜色，也感觉与水彩的亮度完全不同。

那么克利创作的奥妙我是如何顿悟的呢？这个过程还真有些意外。记得有次我正在专注地观看瑞士伯尔尼克利美术馆上映的纪录片，片中短暂出现了克利画线的画面，那一刻我才恍然大悟：啊，原来秘密就在“黑色复写纸”啊！从“再现”到“表现”的样式转换，克利尝试了多种多样的表现手段，用复写纸画线便是其中之一。只是简单改变画线的方法，克利就创造出全新的美学体验世界。这点皮毛对于专攻美术的人来说或许只能算作常识，但对于完全通过亲自观察并独立悟出点门道的我来说，当时那一刻感受到的喜悦，简直让我想脱光衣服跳舞！

最近正在重温“学习”这件事的具体经验。只有本人有迫切需要时，学习方向才能变得更加明确，也只有那样，学习才会更有乐趣。谁能想到我拼死拼活学了30多年，又当了十几年教授都从未好好体会过的真正的学习，却在我年过半百之际姗姗来到我的身边。生活不也是一样的道理？当自己想要的东西不够具体时，是绝对感受不到幸福的，因为钱是很笼统的东西，如果不能确定用钱做什么，那么钱就是一种灾难。同理，社会地位也一样，如果身居其位却不知所为何事，那么所谓地位也只能沦为为了使别人屈服而贪图的毫无意义的权力工具而已。

在回程的航班上我看了一本类似主题的书，那是看起来和幸福毫不相关，有着严肃外貌的徐恩国教授所著的《幸福的起源》。要知道教授写的文章大多数都结论模糊，因为谁也不愿意承受因明确的结论而招来的指责。然而，徐教授所传达的信息极其简洁明了。他认为幸福应该是非常具体的体验，且它只是生存和种族延续的手段。他对进化心理学的解释我虽然不敢苟同，但他大胆的主张却令我动容。简而言之，他认为幸福就是“和自己心爱的人一起享用美食”。（大家一定要亲自看看他的书，那样才能了解徐教授为了得出这个简单的结论调查了多少研究，查阅过多少文献！）

多年来我也一直坚持同样的观点，想要幸福，就必须在一天之中度过最多时间的地方感到具体的快乐。对一般人来说，每天大部

具体的抽象 – 克利 + 席勒 + 毕加索 IV

2014 | 210mm × 295mm | 水彩纸，水粉颜料，复印纸

分时间当然是在床上度过。我认为，住豪华酒店心情好的理由在于白色床单和白炽灯柔和的照明；如果家里的卧室也像酒店一样铺上洁白的床单，安装局部照明灯，那么谁都能感到幸福。外表柔弱的徐教授强调“吃”，而一度精力旺盛的我强调“睡”，如果把徐教授的观点和我的观点合二为一，那么幸福的条件就更加明确了：常常和心爱的人享用美味，在铺着洁白床单的床上睡得香，这就是幸福。没错，幸福就是非常具体的感官体验。

那些大行其道的励志书再怎么用抽象的语言对你进行催眠，你也没办法幸福起来，除非你能把那些话转换成具体的生活语言。不只是幸福，支撑生活的一切价值观和理念也是一样的。抽象的语言要想在现实中很好地发挥功能，就必须用具体的生活语言去落实。包装得美轮美奂，却不能在我们的生活中具体化，那纯粹是虚伪、虚假的东西。

以领导自居的那些人，越是说得天花乱坠让人摸不着头脑，越应该问他们一句:“请问这些话能具体落实吗？”

保罗·克利

克利出生于瑞士，却可以说是德国抽象绘画的代表画家。他画风独特，作品融合了直接描绘现实的具象艺术和代表主观及象征的抽象艺术。克利的作品充满善意，然而，他对新世界的热切希望比任何人都更加强烈且执着。

音乐和艺术被认为是完全不同的领域，但克利直到去世之前都致力于使它们紧密衔接起来，开拓出一个崭新的艺术世界。因此克利的独特之处就在于开创了音乐和美术相结合的“编辑学”。

从《红色赋格曲》(1921 年)、《A 大调风景》(1930 年)等作品便可看出，克利作品中的色彩就像音符一样排列。当克利受聘前往由德国现代建筑师瓦尔特·格罗皮乌斯(Walter Gropius，1883—1969)在魏玛创建的艺术和建筑学校包豪斯任教时，还教导学生们要像使用音符那样使用线条和颜色。他还尝试通感绘画，根据声音的高低和长短来表达线条的粗细和长度。

克利的画通过德国思想家瓦尔特·本雅明(Walter Benjamin，1892—1940)的文章变得更为有名。实际上，本雅明还收藏了克利的作品《新天使》(1920)。关于这幅画，本雅明在《历史哲学论纲》一文中这样写道:“保罗·克利的《新天使》画的是一个仿佛要从某个他正凝神审视的东西旁转身离去的天使。他凝视着前方，展开翅膀，张着嘴。人们就是这样描绘历史天使的。

克利和席勒这两位大师完全是两个极端，我也不明白自己为何会同时喜欢他们两位。对我来说，他俩的名字就像莫奈、马内一样让我倍感亲切。莫奈、马内、克利、席勒……

埃贡·席勒

奥地利是个神奇的国度，1918 年第一次世界大战以后，曾经华丽的哈布斯堡王朝落下了帷幕。如今经济虽不如人意，但奥地利绚丽灿烂的文化艺术却碾压欧洲其他国家，特别是 20 世纪末的维也纳充满了新思潮，堪称近代的象征。在这一点上我认为它甚至超越了法国巴黎，因为巴黎泡沫很多，而维也纳则聚集了精华。

虽然奥地利对普鲁士战争中被打败，在铁血首相俾斯麦主导的德国统一进程中被排除在外，但从文化层面上看，20 世纪末的维也纳却是最具创造性的城市。当时维也纳大咖云集、数不胜数，瞬间闪现在我脑海的就有：哲学界的维特根斯坦，心理学界的弗洛伊德，音乐界的马勒、勋伯格，美术界的克里姆特、席勒、科柯施卡，文学界的施尼茨勒、霍夫曼斯塔尔，建筑界的奥托·瓦格纳、罗斯等。他们中大多数人都彼此相识，经常进行跨界的知识交流。其中最吸引我的人当属埃贡·席勒，我认为他比弗洛伊德更有趣，我也更爱他。

如果说萨尔茨堡是靠莫扎特巧克力球养家糊口的，那么，维也纳在很长一段时间里都是靠克里姆特的画维持生计的。但是最近几年，奥地利开始把席勒作为维也纳的代表人物。城市里处处可见席勒的画，其作品充满了性欲、焦虑、强迫以及从不轻易抛弃自己的自恋情结。

席勒起初只是亦师亦友的古斯塔夫·克里姆特（Gustav Klimt, 1862—1918）的追随者，去世时却成了超越老师的画家。与尽情享受一切的克里姆特相比，席勒的生活始终徘徊在彷徨和矛盾的旋涡中。结了婚好不容易安定下来，却在年仅 28 岁的时候离开了人世。

就这样，在老师克里姆特 56 岁离世的同一年，席勒也以优雅潇洒的姿态迎接了死神。如果看过他离世时的照片，就不难理解为什么日后他被人们称为“维也纳的詹姆斯·迪恩”了。

席勒的笔触比梵高更粗犷，有一段时间我还专门模仿过他的风格。席勒作品中的点睛之笔是人物的手，没有一位画家能像他那样，把手表现得如此知性而又淫乱。

席勒的画和日本漫画究竟有何关系？这个问题虽然很少有人提及，也查不到什么资料，却是我颇感兴趣的内容。席勒的作品中偶尔会留下独特的签名，就像在模仿东洋画的落款。

假如上天给我机会让我再活一次，那我一定要像埃贡·席勒那样画画；日常生活方面就效仿克里姆特和毕加索吧，活得久一点，得到许多女性的爱。

————

————

KBS 1FM

太阳很晚落山的夏天，

傍晚 6 点开始听全基贤主持的《世间所有的音乐》。

吃过午饭马上就天黑的冬天，

下午 4 点开始听郑世珍主持的《乘着歌声的翅膀》。

只有那样才能眼神迷离

心情愉快地发发呆，

然后待上好半天。

记得小时候，我们不是常常

那样发呆么。

————

买一把可以往后靠的椅子

在清理了僵尸好友和没诚意的人之后，我发现聊天软件里的好友最后没剩下几个。但是金甲洙、尹光俊这二位不理我实在说不过去，毕竟他们来看过我在东京的凄凉生活。还有我的朋友圭贤，一个劲儿往自己的脸书上传满屏乱七八糟的文字，在我的聊天软件上却毫无诚意、惜字如金，这样的朋友不要也罢。至于我老婆呢，也只是回复一些没有灵魂的表情符号罢了。

回想一年前我来日本刚开始学画画时，每次画完我都拍照发给熟人。记得当时大家都很惊讶，特别是我那些年轻的女学生反应尤其热烈。“哇——好棒啊！”“天哪，教授！真是惊到我了！”可现在呢，大家都保持沉默，有些家伙干脆无视我的短信。这些人太可恶了。

因孤独和疏远的感觉而极易发怒生气，周围环境稍不如意心情就会郁闷不堪，有如此表现的可怕的“老年症候群”已悄无声息地来到我们这些年过半百的男人身边。理由很简单：在人生地不熟的日本，我所有的人际关系都变得虚无缥缈，而通过电子邮件和文字消息保持的虚拟空间里的人际关系又是非常表面的。

网络空间，顾名思义，指“模拟的空间”。现象学及人文主义地理学代表人物加拿大多伦多大学的段义孚教授（Yi - Fu Tuan，1930— ），将空间（space）定义为混沌不明且抽象的，将地方（place）定义为透过具体的感觉经验而被赋予意义的。根据这一理论，通过具体行为和相互作用，“空间”可以被转换为有价值的“场所”。段教授解释说，进入房间最先打开窗帘远眺的美国式生活之所以令人感到空虚，正是因为家没有成为“场所”而只是一个“空间”。家不是“生活的地方”，而只是停留的“居所”，阐明这一现象的另一位人文地理学家爱德华·瑞尔夫（Edward Relph，1944— ）将此现象定义为“场所丧失”。韩国的公寓就是最具代表性的“场所丧失”的例子。

以智能手机为媒介的互动，不管怎么努力，也不能摆脱悲惨的“场所丧失”。“呵呵呵”“嘿嘿嘿”用得再多，各种纷繁复杂的表情符号用得再华丽也于事无补，因为虚拟空间绝对不可能成为具有时间和空间具体性的场所。

我远在异国他乡，整天抱着手机，期盼故乡老友们一直挂念着我，就是患了因场所丧失而导致的老年症候群。可是只有我这样吗？当然不是。周围那些每天恨不得一睁眼就把头埋进手机里生活的中年男人们，变成坏脾气的糟老头儿无非也就是一瞬间的事情罢了。频频往朋友圈上传登山照，一有空儿就去别人的脸书上闲逛然后拼命点赞，即便如此，也无法填补因场所丧失引发的空虚感，因为他们已经失去了人生具体的时空坐标。所以，网上的恶意回帖大多数都出自中年男子之手。

还是买一把椅子吧！买那种能稍微向后依靠的舒服的椅子！因为椅子是可以赋予空间意义的最佳的工具。近代资产阶级摆脱国王和贵族的统治后做的第一件事就是制造只属于他们的椅子。著名的“齐彭代尔椅”就是18世纪在中产阶级中非常盛行的椅子。当他们坐在椅子上时，便能确认自己是生命的主人。

如今也是如此，据说脾气暴躁易怒，平生饱受人际关系困扰的美国苹果公司的史蒂夫·乔布斯，无论搬到哪里都会带着由勒·柯布西耶设计的单人真皮沙发椅。这可绝非偶然。因为乔布斯对于在虚拟空间里经历的因场所丧失导致的忧郁情绪再清楚不过了，所以“可以向后依靠的沙发椅”对他来说是一种救赎。

我们需要的椅子，绝不是那种为了消灭面前站立之人的气势从而彰显权威的旋转座椅，也不是端坐检察官面前可以折叠的铁质椅或者腰板儿挺得溜直的办公椅，更不是看电视途中不知不觉躺在上面睡着了的人造革三人座沙发。

我们需要的是“有架势的椅子”，可以让我们用手微微托住下巴，气韵不凡做思索状，或者一边抚摸下巴一边优雅地看书。因为坐在这把椅子上的时间就是省察的时间。有时我们还可以表情深沉地和对面的人聊几句。坐在如此有品位的椅子上摆弄手机之类的电子产品，这种事情最好不要发生才是。

就好比勺子是用来盛饭的，叉子是用来叉食物的，也就是说，工具影响了行为，也影响了意识。那种可以向后依靠的舒适的椅子所规定的意识，就是“沟通和宽容”。

以IT强国自居的韩国目前亟待解决的事情之一，就是大量生产

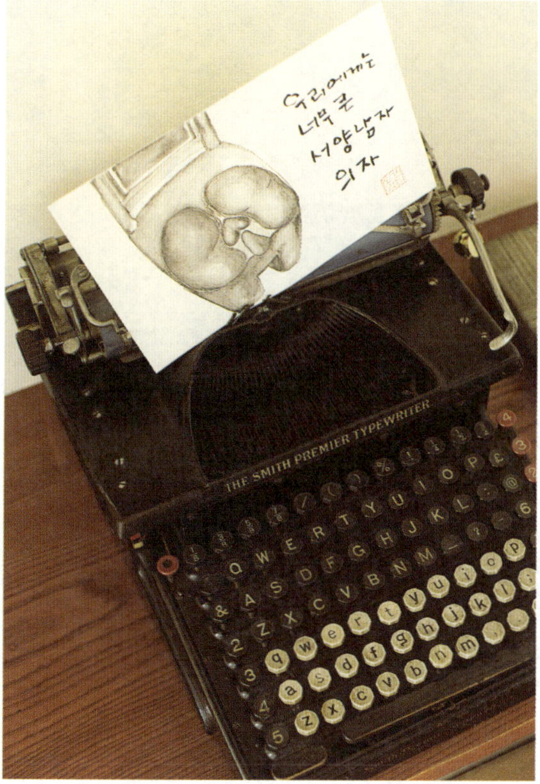

对我们来说过大的西方男人的椅子

2014 | 227mm × 158mm | 水彩纸，彩铅，水彩颜料

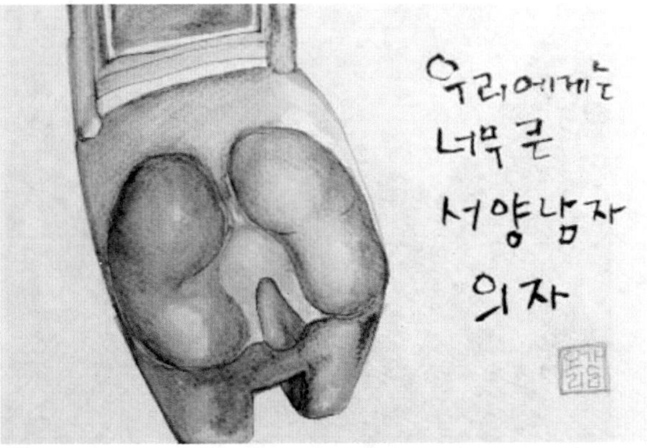

我的画作刊登在报纸上时，主要的部分被处理掉了（原作请参见前页）。
我的原作似乎给报社编辑带来很大的负担，
所以对方删除了“心形部分”，
致使这幅画显得很空虚，给人怅然若失的感觉。

适合国人身材的可以向后依靠的椅子。因为韩国人普遍腿短，所以坐在专为长腿西方人设计的进口椅子上还真不是一件轻松的事。

总之我认为，这片土地的中年男人之所以过早陷入糟糕的老年症候群无法自拔，就是因为没有合适的象征“沟通和宽容”的可以往后靠的椅子。不过……当然，这纯粹是我个人的想法啦。

虚拟空间

网络空间，是指通过互联网创建的新虚拟空间，由 cyber 及 space 组合而成，前者来源于含有“统治者”或“掌舵人”之意的希腊语“kybernetes”，后者表示“网络”，一般译为“虚拟空间”。然而严格意义上说，虚拟空间并不能算是“空间”，而是将人们联系在一起的“网络”（network）。只是不知从哪天开始，这个新世界开始被称为虚拟空间，即“假想空间”或“假的空间”。因为除了“空间”这个比喻之外，人们再找不到其他合适的词了。

虚拟空间最大的特征是“互动性”和“匿名性”。通过各种形式的互动带来的丰富知识体验和匿名性，人类获得了去中心化和脱离权威主义的力量，发现了至今未曾体验过的新世界的可能性。然而，在具有相同理念和价值观的群体成员之间发生的扭曲的知识再生产过程，已经开始破坏虚拟空间的最高价值——互动性。与此同时，在日常世界的感官和情感交互消失的虚拟空间里，发生了肉体经验和认知过程的分裂，从而产生了多种形态的心理副作用。

段义孚

段义孚，华裔美国人，1930年出生于中国天津，是威斯康星大学麦迪逊分校的地理学系名誉教授。他最初攻读地形学，但是到加拿大多伦多大学以后，开始将关注点转移到人文地理学领域。他批判20世纪60年代以后兴起的逻辑实证主义地理学，主张以现象学为基础的人文主义地理学，由此开创了新的潮流。在人类学、建筑学、行动心理学、文学、神学等多个领域里提取地理学相关经验，以我们更容易理解的方式阐释空间和场所具有的意义。其代表作有《恋地情结》（*Topophilia*，1974）和《空间与场所》（*Space and Place*，1977）。

段义孚在近代思想史上之所以如此重要，是因为他将“地理学”这一似乎边缘化的学问，提升到人文社会科学的主要领域。在人文社会科学领域，与时间相比，空间并不是很有格调的研究对象。因为在近代史中，空间尤其是地理，向来与民族主义或国家主义密切相关，所以空间是一个难以掌握的研究对象。但冷战时代结束以后，空间被纳入文化史研究的重要领域，引发了所谓“空间转向”的认识论变化，而段义孚的理论恰恰存在于此。

乔布斯的沙发椅，柯布西耶的“豪华舒适”

每次苹果的新品发布会，乔布斯都会身穿牛仔裤、高领毛衣和运动鞋，悠闲地坐在自己珍藏的沙发椅上。这款黑色真皮正六面体单人沙发椅，是追求现代主义的法国建筑师兼设计师勒·柯布西耶的作品，名为 Grand Comfort，意即“豪华舒适”。出生于瑞士的法国建筑师勒·柯布西耶对现代建筑产生了极大的影响，引领了 20 世纪的文化，其代表作 Grand Comfort 沙发椅，被认为是按照人体比例设计的最舒适漂亮的椅子。

身为建筑大师却设计椅子，其实这一点儿都不稀奇。早在 20 世纪初期，那些走在时代前沿的建筑师们大多数都设计过椅子。与勒·柯布西耶并称为世界三大建筑师的弗兰克·劳埃德·赖特以及路德维希·密斯·凡德罗都设计过椅子，连德国公立包豪斯学校创办人瓦尔特·格罗皮乌斯也设计了自己的办公椅。这是为什么呢？

因为椅子是“男人的尊严”。男性空间里椅子的含义超越了单纯的功能层面，它以紧凑的方式展示了男人的社会地位、权力、自信心和身份。椅子就是权力，当社会地位发生变化时，最先改变的就是椅子。还记得在韩国社会里“旋转椅”曾经具有的含义吗？男人一旦拥有金钱和权力，一定最先更换椅子。

人类进入后工业社会以后，椅子获得了另一种意义。随着“工作和生活的平衡”成为一种新的价值，椅子开始成为休息和省察的象征。原本直挺挺的椅背可以慢慢向后调低，甚至在前面加了脚踏板，让人可以舒舒服服地躺下，如今甚至还出现了一种非常厉害的按摩椅。

今天的椅子代表着“慰藉”！有了钱，一定要先买一把名贵优雅的椅子。如果因为心疼钱而买了便宜的椅子或高仿椅，日后一定会后悔的。

————

喝苦咖啡时，
我主要做的事情就是
把聊天软件上好友们的头像放大浏览。

要是有姑娘更换了新头像，
我就会特别开心，马上给对方发送消息，
对方却没有任何反应。

于是我就把对方拉黑，

当作对她的惩罚。

————

幸福具有音乐性

在歌厅千万别唱《人生道路》（My Way）之类的歌。年纪越大，越要避免在下属面前闭上双眼唱这种忧郁的歌。站在自我陶醉得一塌糊涂、好像立马就要哭出来的部长后面唱合声，同时还要配合不断变慢的节奏，把手举过头顶挥舞——试问还有比这更惨的事吗？

年纪大了，快歌就不再唱了，因为很难跟上节奏。要知道，歌厅的评分不是由旋律决定的，而是节拍决定的，可见节奏对音乐来说非常重要。五音不全是可以通过练习得到提高的，可是跟不上节拍没有乐感这个毛病却无药可救。当然，五音不全和没有乐感就好比难兄难弟，很多时候是同时存在的。究其原因会发现，就是因为抓不到拍子才五音不全！如果节奏不对，一切便会失去控制。

音乐的节奏如此重要，是因为它与身体的动作有关。原始音乐的功能在于让身体动起来，通过一起唱歌跳舞来维持共同体、抵御敌人的进攻或与病魔做斗争。

身体听到音乐就会不由自主地动起来，身体动了，心自然就跟着动起来。当今古典音乐的危机，是从音乐和身体动作分离开始的。当人们进入古典音乐厅以后，按照惯例只有指挥可以摆动身体，在音乐演奏期间，观众必须静止不动，无论音乐有多么欢快都不能随意摇摆。指挥随着音乐摇头晃脑，甚至头发都跟着翩翩起舞，然而观众却只能用呆滞的表情望着他。正因为这样，西方古典音乐才逐渐式微。无法用身体感受的音乐又怎能称之为音乐？

如果说音乐是本能的、共通的，那么美术就是认知的、个别的。美术是一个通过眼睛接受外部物体，并在脑海中重新再现该对象的过程，包括以象征物为媒介的模仿过程。与美术相比，以身体直接体验的音乐更加具体，也更加感性。

不知从哪一瞬间起，画家们开始羡慕音乐无须模仿任何外部物体这一点，所以印象派以后的画家们在创作时索性肆无忌惮地仿效音乐的创作模式，也就是说作画时尽可能不去模仿某一物体，而是像在作曲一样。最先开始的是保罗·塞尚，他宣称自己只会用圆柱和圆锥等基本形状描绘大自然。毕加索以后，艺术家们在尝试抽象绘画时就更大胆了。

世界公认的现代抽象绘画创始人瓦西里·康定斯基，就像在五线谱上用音乐符号作曲一样使用点、线、面绘画，其中某些作品的题目也使用音乐术语，如《作曲》或《即兴》。然而，正如康定斯基时代直至今日的抽象美术一贯表现出来的那样，美术永远不可能和音乐一样，因为以视觉符号为媒介的美术和以身体直接体验的音乐，两者完全是不同层面的艺术。所以，美术羡慕音乐是非常正常的，因为人类的沟通始于音乐。

刚出生的婴儿和妈妈的沟通方式始于模仿彼此的动作、语言和表情，因为孩子具有模仿他人感情表达的能力。孩子模仿妈妈的情绪，妈妈模仿孩子的动作，但是孩子再长大一点时，模仿的方式就发生了变化。

这时候双方用不同的方式互相模仿：当婴儿的表情和肢体动作发生改变时，妈妈以声音高低来回应；当婴儿发出声音时，妈妈则模仿婴儿的身体动作。在这个阶段，母亲和婴儿虽然都在模仿彼此情绪，但表现方式却不一样了。此时最重要的就是彼此互动的节拍或节奏，哪怕节奏有一丝丝偏离，互动都会受到干扰，孩子也会因此感到不安。小孩在新手妈妈的怀里经常哭闹不止，到了奶奶的怀里就会安静下来，就是因为这种互动的节奏。经验丰富的奶奶凭借身体的感觉，对婴儿身上出现的非常细微的节奏变化给予了回应。

精神分析理论家丹尼尔·斯特恩（Daniel N. Stern，1934—2012）将此类情感上的互动概括为“影响调节”（Affect Attunement）。就好比吉他调音时要协调每一根琴弦的音高一样，人类所有的互动就是协调彼此情感表达的过程。在这个过程中，婴儿会经历与自己区别开来的存在以另一种方式表达与自己相同的情感。自己与他人之间的区别就这样开始了。也就是说，通过与音乐的互动形成了“自我”。

如果互动的节奏受到干扰，人们就会焦虑不安，这一点不仅适用于母亲怀抱里的婴儿，同样也适用于已经完全长大的成年人。焦虑很容易传播，光是坐在旁边的人一直不停地抖腿，都足以让人感

心动的船——夜晚偷偷独自乘坐的船

2014 | 256mm × 100mm | 水彩纸，彩铅，油性笔，水彩颜料

到不安。这是因为在互动的节奏受到干扰的情况下，人是无法确认自我的。所以，当一个人感到焦虑时，和老朋友见见面聊聊天是个很不错的主意，这样可以重新获得有规律的互动节奏；此外，通过听音乐或慢走的方式恢复体内舒适的节奏也不失为一个好法子。

幸福的感觉就像一条小船在江畔和缓的波浪中愉快地摇曳，可以让人感受到内心深处轻盈欢喜的节奏。人生在世，最好不要期待那种惊天动地的极度的快乐，因为那样巨大的快乐反而会破坏生活的节奏。祈盼明天会发生微小的变化，用那份期待保持今日从容的节奏，这种愉快的心灵节奏正是“悸动”。借由悸动而感受到的幸福，是具有音乐性的幸福。

抽象美术和康定斯基

提及抽象美术的起源时，决不能忽略康定斯基这个名字，因为他是最早做到完全抽象表达的画家。毕加索的画至少能让人联想到大概画的是什么，但康定斯基的画就很难猜到其内容。

在莫斯科的莫内画展上看到以“干草堆”为主题创作的抽象画，是康定斯基开始画抽象画的契机。康定斯基那时候都还认为画家不应该画那么不明不白的画；但一段时间之后，他在日落时进入房间，忽然被一幅倚在墙上的美丽画作震撼，定睛一看居然是自己的作品！只不过被颠倒过来了。

明明是同一幅画作，可是倒过来就美到如此地步，给人如此强烈的印象，这件事让康定斯基茅塞顿开：“不一定非要画得和参照物一模一样。”后来，康定斯基陆续发表了很多运用线、面、色彩和纹理等元素创作的充满抽象形态的作品。他和保罗·克利一样，都曾在包豪斯任教。

说到康定斯基这位画家，要是不聊聊他和加布里埃尔·蒙特（Gabriele Münter，1877—1962）的爱情故事就太可惜了。康定斯基原本在莫斯科大学攻读法学和经济学，30 岁时决定成为职业画家，于是前往慕尼黑学画。为了赚学费，他召集了一些年轻女孩去户外写生，在那里康定斯基遇见了比自己小 11 岁的蒙特并爱上了她。然而那时康定斯基早已结婚，妻子在俄罗斯。

他们两人在慕尼黑附近待了几十年，一起画画。一战爆发时康定斯基回到了莫斯科，与第一任妻子正式离婚，并和另一位年轻姑娘结婚。蒙特一生爱慕康定斯基，将其视若神明，看着他留下来的画度日，直到 85 岁去世时还对康定斯基念念不忘。

同一时期与这对情侣的情况正相反的还有另外一对情侣，那就是奥地利表现主义画家奥斯卡·柯克西卡（Oskar Kokoschka，1886—1980）和阿尔玛·马勒（Alma Mahler，1879—1964，本名 Alma Maria Schindler）。阿尔玛的情史非常有名，并且是从她的初吻对象古斯塔夫·克里姆特这里开始的。

受到众多男性追求的阿尔玛是“维也纳的社交女王”，与和当时维也纳国家剧院的总指挥——音乐家古斯塔夫·马勒（Gustav Mahler）结了婚。饱受抑郁症折磨的马勒病故以后，阿尔玛立即与奥斯卡·柯科西卡展开恋情。但她很快就踢开了偏执狂柯科西卡，与年少英俊的格罗皮乌斯结婚。之后，阿尔玛依然绯闻不断，与格罗皮乌斯离婚以后又嫁给了第三任丈夫——小说家弗朗茨·弗尔弗（Franz Werfel，1890—1945）。

阿尔玛的离去令柯科西卡几近崩溃，无力承受巨大打击的他给阿尔玛写了好几百封信，期盼她能回心转意，却终究未能挽回阿尔玛早已远去的心。无法承受悲伤终日失魂落魄的柯科西卡，专门定制了一个和阿尔玛相像的娃娃带着走，和它同寝同食。很多年以后，阿尔玛写信给柯科西卡请求他原谅自己，柯科西卡回信说“很久以前就已经原谅你了”。

影响调节

这是我最喜欢的概念，因为它解释了“主体间性”是如何成为可能的。婴儿通过声音、动作和表情不断地对妈妈表现什么。此时，婴儿的所有表达都包含情绪感受。接着，妈妈回应婴儿的情绪表达，虽然和婴儿的情绪表达略有不同，却是反应对等的感受。

比方说，当婴儿摇晃妈妈的手臂时，妈妈会用声音回应婴儿的表达，并且是以相同的强度和速度给予回应。情绪表达的方式虽然不一样，但是感受非常相似。像这样调整和协调彼此的情绪，就叫作“影响调节”理论。精神分析理论家丹尼尔·斯特恩（Daniel N. Stern）主张影响调节发生在三个层面：强度、时间、形态。

主体间性是一个哲学概念，意味着两个主体具有共同的感知。

但主体间性是怎样形成的这一问题却属于心理学范畴，因为人类并非一出生就具有发达的认知能力。婴儿通过和妈妈互动，体验与自己拥有不同身体的人也会有相同的情绪感受，这是认知主体间性的原始形态。而影响调节这一概念，正好解释了类似的情感互动和认知的主体间性之间的关系。

————

文化冲击——

日本便利店卖的三明治，

竟然是已经去好边的软嫩吐司！

从一开始就脱光光真是一点意思都没有啊。

————

尽量多去看看

人类长着两只眼睛，其中两只眼睛挤在脸部正中央的人肯定不好惹。如果眼睛不仅靠近中间，而且像纽扣一样小，那就更恐怖了。拿名人举例来说，南希锡和申东烨的眼睛都属于这一类。虽然他们是逗人发笑的谐星，但内心深处绝不是好欺负的人。不过话说回来，这纯粹是我个人的想法，但是凭我以往的人生经验来看，经常是这样。

反之，眼睛往两侧长的人一般都比较平易近人，跟这类人相处我几乎没有遇到过什么麻烦和困难。我说的这套标准同样也适用于动物世界：草食动物的眼睛一般长在面部两侧且间隔较大，而肉食动物的眼睛则集中在面部中间。这是因为草食动物要随时警惕四方，要尽可能地远眺、视野宽阔才能活命；肉食动物就没有这个必要，它们只需要专注于猎物，眼睛一眨不眨地盯住猎物就够了。

总之，人类的眼睛无论是聚在中央还是分布在两侧，都必须有两只，因为只有这样才能具备完善的空间感。人类透过双眼与对象的角度来计算对象所在位置，而闭上只眼是无法测量距离的。然而，是从什么时候开始的呢，人类竟然开始怀疑起用两只眼睛看到的世界。

人类一到关键时刻就会闭上一只眼睛。比如：射击时要闭上一只眼瞄准；拍照时用一只眼看观景窗；素描时也要闭上一只眼用笔瞄准石膏像来测量大小。这是因为人类的双眼，准确说是解释视觉信息的人类大脑并不遵循几何学的原理。

如果眼睛和物体之间的距离增加为两倍，那么物体的大小理应缩小一半，但这一点却不适用于人眼。比方说，前方 100 米的汽车大小，和从 100 米的高空向下看的汽车大小截然不同。虽然这两种情况下的物理距离是一样的，但从高处俯视时汽车会小很多。这是因为几何学原理适用于垂直的方向，但却不适用于水平位置，这是为什么呢？

这是因为“恒常性”的知觉心理学原理。知觉恒常性是指当客观条件在一定范围内改变时，我们的知觉映象在相当程度上还保持着它的稳定性。对于一个圆盘，我们从侧面无论怎么看都不可能看成椭圆形就是这个道理。也就是说，无论情况怎么变化，恒常性看到的都是事物的本质。这是哲学中所说的“同一性”（identity）应用在心理学时的原理。

必须看清事物的本质才能生存下去，假如连掌握事物本质的恒常性都不起作用了那还谈何生存？把从远处看起来很小的老虎当成猫，马上就会完蛋；把看着很小的苹果错认为是樱桃，立马就会饿死。物理距离明明一样，可是从高处俯视的汽车和从前面看的汽车大小不同也是这个道理，因为大多数情况下人类的生活都是在水平空间里完成的。那么问题来了：人类为什么要放弃恒常性这一惊人的生存能力呢？

这是因为对客观和科学世界的痴迷。在关键时刻闭上一只眼睛，始于文艺复兴时期的透视法。由于试图在二维平面上精确地再现三维世界，人类开始怀疑双眼所见的世界。在二维平面上逼真地再现三维空间的透视法，就像摄影时盯着取景器一样，也得闭上一只眼睛才能实现。

此后在西洋绘画中，用一只眼睛确认大小石膏素描成为非常重要的训练。这是为了让人类能像只有一个取景器的相机那样，精准且客观地看待这个世界。同时，也是为了消除恒常性这类的大脑作用的一种方式。简而言之就是促使大脑切断眼睛这个通道，只相信机械性的信息。法国著名人文摄影师亨利·卡蒂埃－布列松（Henri Cartier-Bresson，1908—2004）曾经说过："拍照时我总是闭着一只眼睛，是为了用心的眼睛去摄影。"这话完全是骗人的，诸如此类的鸡汤语录随便听一下就行了。

直到几百年以后，人类才意识到客观世界和本质世界是不同的。印象派画家故意破坏了透视法，摆脱了透视法"零恒常性"的束缚，按照所见所感来画画。甚至有人说，文艺复兴时代的线性透视法只不过是西方社会的象征形式。最终，人类似乎总算是从称之为"客观再现"的近代意识形态中获得了自由。只可惜21世纪的我们，日常生活依然受到机器"单眼"的支配。

从早到晚盯着智能手机、电脑和电视屏幕，比起亲眼所见，似乎更相信单眼相机所记录的世界更为准确和真实。所以不管去哪儿玩都忍不住感叹："哇——！和电视上看的一模一样！"意思就是说，从电视上看的肯定错不了。这话根本就是本末倒置。

总眨眼的女人

2014 | 555mm × 730mm | 画纸，水干颜料，岩绘具

人类就这样自动放弃了历经几万年历史变迁，好不容易获得的洞察本质的能力。既然无法把握事物的本质，那么混淆自我的存在也是情理之中的事了；毕竟只有擦亮眼睛亲眼去看、亲自去解读这个世界，才不会感到不安，才能活得明白通透。

所以说，我们一定要在还能经得起折腾时，到处多走走多看看。因为，用双眼去洞察事物的本质，才是存在的基础。

恒常性

有人说相机镜头类似人眼，但其实并不一样。当眼睛与物体之间的距离增加为两倍时，投影在视网膜上的物体大小则缩小一半，相机镜头的确如此。但人眼却不一样。前往远方的恋人，不论彼此之间的距离变成两倍或三倍，他的样子都不会缩小。记得我送大儿子去新兵训练营那天就是这种感觉。我站在几百米以外的地方凝望着他的背影渐渐远去，儿子除了后脑勺在慢慢缩小以外其他好像也没什么不同，然后一瞬间整个人就消失不见了。看到他那一刻，我难以置信地眨了好几下眼睛。

所谓恒常性是指，即使脉络发生变化，物体的属性仍会保持原本属性的情况。白纸不论在红色灯光下还是在蓝色灯光下都显示为白色，就是因为颜色的恒常性。再举个例子，将令人惊艳的美景用相机拍下来，效果却非常一般，那么这也是恒常性使然。因为恒常性并不适用于相机镜头。

解析视网膜图像的大脑并不会像相机镜头那样客观地工作，所以同样的场景才让不同的人感觉大相径庭。现代绘画从 20 世纪的印象派发展到野兽派和立体派，就是尝试放弃“零恒常性”的相机镜头，企图描绘真实肉眼所见的世界。

恒常性同样也适用于爱情。我的朋友在看到一位弹钢琴的女人的后颈后，迅速坠入了爱河，还把她介绍给朋友们说要跟她结婚。朋友们和那女人聊过以后觉得他们不合适，于是拼命劝阻这桩婚事，无奈我的朋友一直念叨着那个女人美丽的后颈，结果他们终究还是结婚了。可惜好景不长，没过几年他们就离婚了。因为在现实婚姻里，“后颈恒常性”再也不能发挥功能了。

我则有“手臂恒常性”，这是某次观看演出后出现的现象。记得那次演出结束后，女高音歌手朝着后面的管弦乐队鼓掌，当她手臂上肥厚的肉像“海啸”一样晃动时，我的心也好似被海啸席卷一空。从此，我每次看演出都会坐在椅子上等到最后谢幕，期待看到女歌唱家摇晃的手臂。哦，当然了，现在我妻子手臂上的海啸也可以说是非常壮观了。

线性透视法

人类接触的物质对象是三维的，但如果仔细观察，情况也未必如此，这是因为物体反射在视网膜上的样子是二维的，我们的大脑把反射在视网膜上的二维物体重建成三维图像。此时，除了通过眼睛传输的视网膜图像之外，大脑还整合了其他各种生理信息。首先，大脑会使用有关水晶体的信息，水晶体随着与物体距离的变化而改变厚度。

不仅如此，人类有两只眼睛，但每只眼睛反射的物体不尽相同。消除这种视差的过程，对于立体感知非常重要。为了辨别对象，大脑还会动员左右瞳孔转动的角度等信息。

画家们在二维画幅上描绘三维物体，使用各种技法让欣赏画的人有三维空间的感受。他们利用阴影、对象大小、密度等技法，但最具代表性的方法还是“线性透视法”。这是一种以画幅中某一“消失点”为基准，画中所有对象都向消失点汇聚的绘画技法。

消失点是画中所有事物的坐标基准，透视法加上严谨的数学以后，二维绘画拥有了三维空间的真实性。以前一幅画只有让人感觉更接近实物，才被认为画得好。然而，随着摄影技术的出现，基于透视法的、将三维空间的物体缩小在二维平面上的画失去了立足之地，因为任何一位画家都不可能画得比照片更写实。失去目标的画家各奔东西，从印象派开始放弃“二维平面的缩小呈现”，历经抽象派后最终演变成现代美术。

对于当今现代美术而言，精确地再现物体已没有任何意义。因为，对一幅画的评判标准完全是主观的。然而，对于那些对自己的主观感受没有把握的普通人来说，欣赏绘画这件事往往带有一丝微妙的恐惧。因此，社会上利用人们这种心理发起的诈骗无处不在。在投资画作时，与此有关的欺诈简直超乎想象，千万别被骗了。

艺术纯粹是主观的，爱情何尝不是？你可能会想：“她怎么会爱上那样的男人？”但偏偏就有好端端的女人不可救药地迷上那样的男人。说到底，艺术和爱情有着同样的心理状态。

————

——我们对付老花眼的姿态——
方法一：
眼镜架在额头上，
眼睛往下看，
这方法适用于打死也不愿意承认自己老了的人。

方法二：
眼镜沿着鼻梁往下，
眼睛往上看，
这方法适用于那些已经适应衰老的人。

不要嘲笑“模仿”

“你再这样下去就会跟赵英男[①]一样！”

在我成长过程中，妈妈总是这样告诫我。那时我喜欢画画，歌唱得也很不错，参加写作大赛偶尔还能拿个奖，可就是对学习这件事提不起兴致，为此我妈可真是操碎了心。当时韩国有位名人叫赵英男，身为歌手却拿不出一首脍炙人口的流行曲；虽说会画画，却总是画一些奇怪的花斗[②]；还写一些卖不出去的主题古怪的书。如果用当时盛行的“深挖一口井才能成功”的标准去衡量他，那么这家伙无疑是个脱离常识的“怪胎”。

想想我自己，年过半百却忽然辞去教授一职，跑去日本学画，大家都问我：“干吗模仿赵英男？”话里话外的意思，就是不明白为

① 韩国元老级艺人、歌手兼画家。——编者注

② 韩国纸牌，由 48 张卡片组成，表面画着代表 12 个月份的花或草木。——编者注

何我留学德国十几载，回国又规规矩矩当了十多年教授，如今老了却模仿别人不走寻常路了？但是我要说的是……没错，我就是在模仿赵英男，因为他一边透过巨大的落地窗眺望汉江，一边画画的样子实在是太帅了。

人越老，背影越要有味道。比起“退休教授”无比凄凉的背影，赵英男蜷坐在椅子里专心致志画画的背影，简直帅得一塌糊涂。（赵英男的长相平淡无奇，所以他的背影比正面更耐看。另外他之所以执着于戴副大眼镜，原因就在于他的鼻梁架不住眼镜，大眼镜至少还能贴在脸颊上。）与其在 65 岁退休，余生好几十年都要百无聊赖地老去，那我还不如模仿赵英男，直到 70 岁还可以像小孩儿一样饶有兴趣地画花斗，这样的选择才算是“有价值的人生”不是吗？

最重要的是，模仿他人不该被歧视，因为人类文明就是从模仿开始的。从哲学角度看，人类所有形式的模仿都可以被称为“拟态”（Mimesis）。对这一理论追本溯源，可上溯至亚里士多德的哲学。亚里士多德认为艺术和文学的本质就是拟态，即模仿。如果人类没有模仿的行为，那么人类就无法感受任何事物，这正是拟态理论的核心。举例来说，如果观众无法像亲身经历那般感受舞台上演员的感情变化，也就是说如果他们没有这种心理模仿行为，是绝对不可能通过悲剧净化心灵的。

今天我们理解他人心理的能力基础被称为“同理心”，这种能力源自亚里士多德的“拟态”概念。1873 年，德国心理学家罗伯特·费舍尔（Robert Vischer，1846—1933）在博士论文中开创性地使用“移情作用”这一概念，描述了通过感性经验产生的美学体验。

梵高风的椅子

2014 | 565mm × 730mm | 画纸，水干颜料，岩绘具

在德语中，“移情作用”表示“进入他人内心去感受”，在英语世界被翻译成“empathy”，如今被当作日常用语广泛使用。由此看来，人类共同感受他人心理的这个过程，在学术上概念化也不过150多年。换言之，在理解他人以及被他人理解这件事上，人类给予关注的时间并不算长（人类就是这么未开化）。但不管怎样，通过从拟态到同理心的概念演变，人类清楚地认识到“人类正是因为会模仿彼此，所以才实现了沟通”这一事实。

事实的确如此。人只有在模仿他人的情感表达时才能正确理解对方的情感，所谓同理心就是指模仿他人情绪的能力。相伴很久的夫妻看起来很有“夫妻相”，并非因为他们长得像，而是因为他们彼此的情绪表达方式类似。有的人可以很自然地模仿他人的喜悦和悲伤，这种人更招人喜欢，毕竟人们总是愿意向模仿自己情绪的人敞开心扉。

不仅如此，只有模仿才能创造。根据瑞士心理学家让·皮亚杰（Jean Piaget，1896—1980）提出的理论，随着“延迟模仿”成为可能，模仿开始演变为创造的能力。孩子大约从两岁开始就能回想起几天前看过的东西并模仿，也就是说他已能在脑里形成该行为的表征。延迟模仿这类“以象征为媒介的行为”才是创造力的源泉，就好比把扫帚当成飞机，把枕头当成奔跑的骏马，这些具有创造性的“象征游戏”就是从延迟模仿开始的。（“延迟模仿”是皮亚杰最伟大的见解之一。）

更重要的是，人类最根本的快乐和喜悦就藏在这种模仿里。为什么小孩儿玩娃娃和小汽车会玩得不亦乐乎、十分忘我？因为孩子借助玩具模仿了梦想中的世界。像电影和体育等成人游戏也只是内容和规则变得更复杂而已，其本质依然在于模仿。

模仿可以让人生变得更加有趣。为什么人越大越觉得生活很无趣？因为没有要模仿的对象了。人越往高处走越觉得生活索然无味，也是因为没有可以模仿的人。所以我们才说“高处不胜寒”，往往越优秀的人越孤独。话说回来，人生最惨的应该就是“既不想模仿任何人，也没任何人想模仿我”这种状态了。啊！世界上还有比这更悲摧的事吗？

越是少年得志，越要像孩童般谦逊地模仿他人，如此才能摆脱疏离感；永远不要失去对不同生活方式的尊重和好奇心，只有这样，生活才会持续保持创造力。越老越要活得有滋有味。如果只是寂寞、无聊、痛苦地老去，那有什么必要活那么久呢，难道不是这个道理？

移情作用

这是一种无意识地把自己的感情投射到其他对象上，仿佛彼此拥有相同情绪的现象。19 世纪，德国哲学家罗伯特·费舍尔在美学领域首次使用这一概念，由此产生了“同情心”的概念。一些心理学家将“同情心”（sympathy）和“移情”（empathy）区分使用，认为同情心是呼应对方开心或悲伤的情绪，属于第三方感情；而移情是把自己和对象等同起来，想要完全结合的态度。

脑科学认为同理心是由一群被称为“镜像神经元”的神经细胞产生的作用。镜像神经元就像镜子一样，是模仿他人情绪状态的神经生理学机制。1996 年，意大利帕尔马大学神经生理学家贾科莫·里佐拉蒂（Giacomo Rizzolatti，1937— ）教授的研究小组在一次试验中偶然发现了镜像神经元——当猴子看到观察员吃东西时，它们在真正吃东西时会启动的脑部区域也被激活了。人类的镜像神经元的活动更加活跃，比如说光是听朋友说吃了酸的食物，就会跟着流口水。

模仿是一切沟通的出发点，那语言完全不同的人相遇时应该如何沟通呢？答案是，模仿对方的语言和表情，沟通就揭开了序幕。这时，能够模仿对方情绪状态的能力即“移情作用”是最关键的因素，因为人类文化的大部分都是以移情能力为基础。为什么有些人看小说总会又哭又笑？为什么有些人会随着连续剧的剧情生气或开心？这都是因为就算我们没有亲身经历，也同样感受到了他人内心发生的心理过程。

比起“晓之以理”，能引发共鸣的“动之以情”更能说服他人，也正是因为移情作用。逻辑是认知的过程，说服人的主体和被说服的对象是明确区分开的，除非有强大的权威和严谨的逻辑，否则就不能让对方“屈服”。越是自认为聪明、自以为是的人，说服他人的能力就越弱。

因为这种人总希望从逻辑上说服他人，却忽略了一点，那就是再正确的道理，一旦是从逻辑上要求对方屈服，那么对方就会本能地抗拒。“没错，你说的都对，所以呢？”就像这样。也就是说，就算逻辑上明白，也完全不想服从。然而，建立在移情基础上的感性说服是强有力的，只要能引起对方情感上的反应，就能达到成功。因为移情就是“一起感受”，既然已经一起感受了，也就不再需要逻辑的说明。

延迟模仿

所谓延迟模仿，不是指看到的那一刻马上模仿，而是指一段时间后模仿之前看过的事物的能力，主要出现在 18 个月—24 个月的婴儿身上。婴儿一出生就具有模仿他人行为的能力，比如刚出生的婴儿看别人冲着自己伸出舌头时也会学着伸出舌头。然而，延迟模仿和这种本能的模仿有本质的区别。

延迟模仿是指婴儿过一段时间后模仿以前看过的场景，意味着模仿对象和内容已经在其脑海中存在了一段时间。皮亚杰解释说这是“心理表征”的开始（表征是在脑海中再次（re-）呈现（presentation）的意思），表征能力是人类认知能力的最基本形式，它的出现通过延迟模仿得到了证实。

————

刚刚过去的中秋节，我妈再次恳切地叮嘱我：

“你在外面做事可千万要谦虚啊——！”

老妈之所以这么说，理由一如既往的明确坚定。

“哪怕光靠长相你就足够让别人感到自卑了。”

听了这话妻子实在忍不住笑，

只好转身坐下。

……

所以啊，

对世上所有子女来说，

妈妈总会站在自己这一边的。

————

KYOTO SAGA ART
学生証
8f835n22
京都嵯峨芸術大学

PART 3.

禁止“禁止”

禁止“禁止”

任何人身体里都有一个只要轻轻一碰就会爆炸的地雷，我自然也不例外，尤其是当我听到有人说我是“没实力又轻浮的心理学家”时。总是有人告诉我“谁”说了些什么，搞得我十分火大。也是，瞧瞧我写的那些书，《有多会玩就有多成功》《我后悔和我老婆结婚》《男人的东西》，也难怪有人如此评价我了。但话又说回来，在阴冷潮湿的德国求学十几年，饱受脱发之苦还得了抑郁症的我，也是有“两把刷子”的。

最近我为准备“自己的两把刷子”忙得昏天黑地。为了对现代人类意识的革命性变化进行文化心理学研究，我一放假就从维也纳出发，途经慕尼黑、魏玛再到柏林，辗转追踪构成近代知识的路线。“只要使出自己的两把刷子，你们就都死定了！”怀着这样的信念我自信满满地前往德国，可是真到那里时，我却被满满的挫折感打败。

因为我一直忙着跟德国人“战斗”。每次去德国，我都会因为德国的原则主义以及不形于色的种族歧视和德国人“开战”，为此我所有的知识能量都被消耗殆尽。最可恨的是，每次我一和别人吵架，同行的摄影师尹光俊就会悄悄地消失，然后在我还没消气的时候，他又像散步一样气定神闲地再次冒出来，摆出一副老好人的脸笑着问：“干吗非吵成那样？”这个大光头尹光俊真烦人，真想把他那两撇胡子揪下来。

德国之所以让人不舒服正是因为“Nein”这个词，也就是“No”，“禁止，不可以”的意思。德国到处都是难以忍受的“不行”，世界上没有任何一个国家像德国这样理直气壮地使用“不行”。当然，日本也是个非常严重的“禁止社会”。在日本，“だめ”（不行）这个词就像德语的“Nein”一样经常可以听到，禁止的事项随处可见。但至少日本人说“だめ”这个词时脸上带着歉意，所以看他们说这句话时愧疚不已、恨不能立即昏倒在地的表情时，一般人恐怕连“为什么不行？”这句话都不好意思问了。

相比之下，德国人的“Nein”有本质的不同。德国人说“Nein”时太理直气壮，要是有人边说边举起食指左右摇晃，那我非当场气晕不可。我寄居德国十几年的压力就是这么来的。德国人说“Nein”时不仅摆出一副高高在上的架势，还不忘给你启蒙教育：“既然来了德国，最起码这点规矩还是要了解和遵守的。”这样能不叫人大为光火吗？

“禁止”使人挫败，当人们理所当然地接受所有禁止事项时，自身作为主体的生活也随之结束。刚开始被禁止时人们都会反抗。越是不让一个人做什么他就越想做什么，说的就是这个意思。心理学家杰克·布雷姆（Jack Brehm，1928—2009）指出，人都有一种维护既得利益的强烈愿望，以这个观点为核心，他发展出“心理抗拒理论”，也就是“越禁止越渴望”。

布雷姆做了一个实验，请两组人对四张唱片进行评价。他们告诉第一组参与者，作为参与实验的奖励，可以在实验结束后“自己选一张唱片带走”；而告诉第二组参与者“之后会各给他们一张唱片”。然而实验真正开始时他们却告诉参与者，因为四张唱片有两张不见了，所以他们谁都无法带走唱片。实验结果显示：第一组参与者对无法带走的唱片给予了高度评价，而第二组参与者对无法带走的唱片则给予了差评。

根据分析，第二组参与者出现了所谓“酸葡萄效应”的认知失调现象，认为反正也拿不走唱片，所以唱片在音乐方面也好不到哪里去。我们再来看第一组，因为没办法带走那张唱片，所以他们反而认为唱片的音乐质量更好了。通过这个实验我们就不难理解，为何无法实现的爱情是如此美丽，为何父母越反对的爱情就越珍贵。（为什么战胜父母反对最后结婚的家庭反而离婚率高？因为不再是“被禁止的爱情”。）不仅个人如此，文化也是一样的。越是“禁止的国家”，下位文化[①]就越火热越强大，所以也难怪德国和日本这么重口味。

真正严重的问题都是在“禁止”反复并持续不断地发生的时候产生的。最初人们从心理上反抗和愤怒，但不知何时起人们开始习

① 下位文化也称“亚文化”，是指存在于某一个社会中并与该社会支配文化既相关又有区别的文化体系。——编者注

惯，最后，即使没有外部禁止也会陷入主动禁止和主动放弃的“习得的无助感”中。将“禁止”内化并处于绝望中，是这个世界上最恐怖的病。

我们应该认真思考各种禁止措施。以知识分子社会为中心，对禁令不断进行反省的德国仍算得上是一个健康的国家。一个国家成熟与否，取决于是否对各种“禁止”开展社会性讨论，安稳和安定并不代表就是好的社会。日本之所以令人感到遗憾，正是因为整个社会都不敢对禁令进行任何反抗。看到对安倍傲慢无礼的民族主义始终三缄其口的日本知识分子社会，实在令人心痛惋惜。

如今情况好转的韩国社会，最应当警惕的也是这种集体性的“习得性无助”。经历过赤贫如洗的年代和国家分裂，韩国社会忍受了太多禁止。纵观全球，试问还有哪个国家像以前的韩国那样到处充满“不可以”？然而，正因为国民不断反抗、呐喊和碰撞，韩国才走到今天。“反抗”，才是韩国文化心理学的特征，“清晨宁静的国家”纯粹是在扯淡。

总之，我还是喜欢不断对“禁止”提出质疑的“喧闹的韩国”，因为“禁止”被允许的那一刻，自主的生活也就宣告结束了。

认知失调

认知失调是美国社会心理学家利昂·费斯廷格（Leon Festinger，1919—1989）创建的概念，是指思想（信念）和行为彼此不一致或

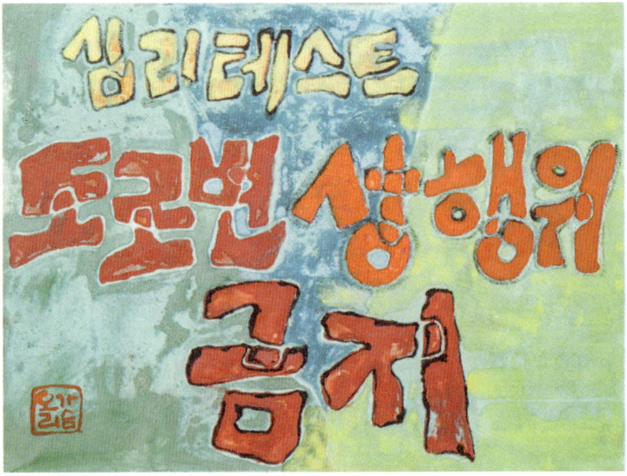

想看什么就看什么

2014 | 410mm × 320mm | 水干颜料，岩绘具

（画作上的韩文上中下分别是“心理测试、路边、性行为禁止”）

相互矛盾的状态。因为人们对这种分歧状态感到不舒服，所以试图通过改变认知或行动来解决问题。

费斯廷格在提出认知失调理论的同时，也给出了实验证据加以验证。研究人员让两个被试验的小组看一部已被很多人评价为枯燥乏味的电影，并让他们告诉别人电影非常有趣。作为酬劳，实验方会向其中一组人每人支付20美元，而向另外一组人每人支付1美元。实验结束后问他们实际的观影感受，这时，有趣的事情发生了。

收到20美元酬劳的小组成员“谎称”电影很有意思，但收到1美元报酬的小组成员，却发自内心感觉电影“真的”很有趣。这是因为收到20美元被试者得到了充分的酬劳，可以用“为了钱而撒谎”的理由将自己的行为合理化；但是只拿到1美元的人没办法为这点钱说谎，所以他们摆脱认知失调状态的唯一方法，就是“真的认为电影很有意思”。像这种努力摆脱认知失调的情况，在我们的日常生活中比比皆是，尤其是当我们看到别人风光无限的时候。

就在我的书《我后悔和我老婆结婚》热销之际，金南都教授出版了《疼痛，才叫青春》，结果我的书只卖了30万册，他的书比我的书多卖了200万册！啊！我还真的很青春，因为我肚子超痛[①]。但很快我就找到了心理平衡，毕竟我比金教授帅！然而没过多久，这种心理平衡也被打破了。

因为慧敏法师出了一本书叫《停下来才能看见的风景》，也比我

① 韩语用“肚子痛”来形容“眼红”。——编者注

的书多卖了200多万册，尤其是他长得比我更帅，酒窝也很养眼！真叫人难以忍受啊。于是不知从哪一刻起，我也开始以鄙俗的方式试图将这些事合理化，至少我可以“随时做法师绝对不能做的事”，如此一想我便再次找回了心灵的平静。这种荒诞的自我合理化和伊索寓言中的《狐狸和酸葡萄》如出一辙。最近，这种自我合理化在网上被称为“精神胜利”。

习得性无助

把狗绑起来之后施以电击，狗会感到痛苦并拼命想挣脱，但是由于被绑着动弹不得。如此反复几十次以后，狗就不再反抗了，因为只要被绑着，再怎么抵抗都没有用。问题是接下来发生的事：把拴着的绳子解开以后再对狗施以电击，在这种情况下它完全可以逃脱，然而它只是静静地躺在那儿接受电击，因为它已经习惯束手无策、只能承受的无助状况。

习得性无助是美国心理学家马丁·塞利格曼（Martin Seligman，1942—　）在1967年研究动物时提出的理论，指如果一个人常常处在一个无法应付的环境中，或者某个负面的刺激持续发生时，那么即使未来他可以通过努力克服困难，最后也会主动放弃的现象。如果一个人反复预感自己无力掌控环境，或者无法对未来的结果产生影响，那么他就会变得无助消沉。塞利格曼主张，这种无助感也是通过学习形成的。

21 世纪以来，塞利格曼主张“习得性乐观”，这是与“习得性无助”相反的概念。正如无助感是习得而来的，乐观这种积极的世界观也可以习得。通过这一概念，塞利格曼和另一位以心流而出名的米哈里·契克森米哈（Mihaly Csikszentmihalyi，1934—　）一起，引领了“正向心理学”这一全新的潮流。

以往心理学大多把关注点放在焦虑、抑郁、压力等否定方面，而正向心理学的主题变得更加多元化，强调人类心理正面的部分和可能性。因此可以说，这是为了突破因急于“制造病人”而成为“不安产业”的心理学界的自我批评而做出的努力。

————

钥匙代表着权力，
插进去就是主人！

————

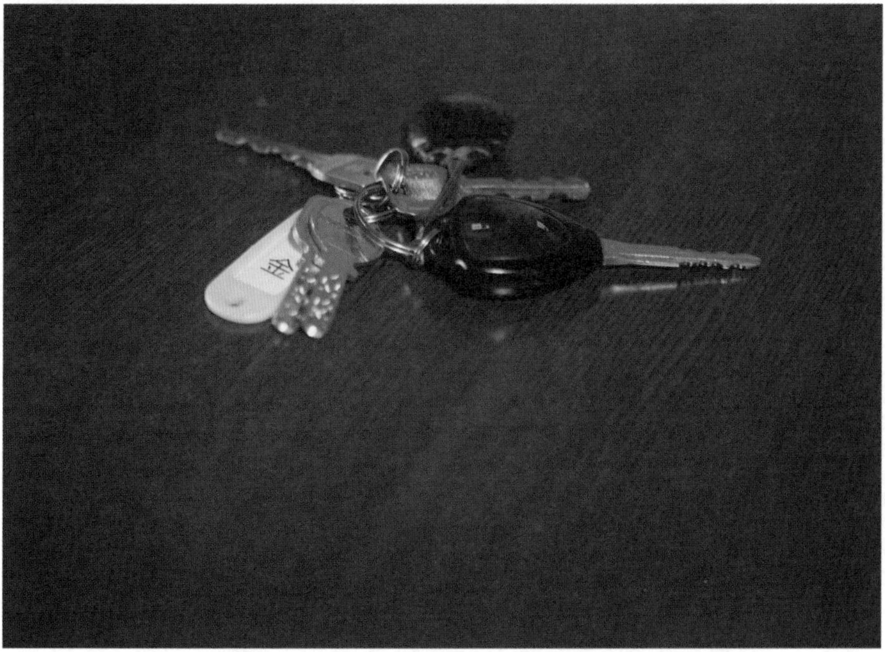

韩国是“嫉妒型社会”

我嫉妒美国总统奥巴马，理由很简单：他和我同龄。但其实奥巴马长我一岁，只是我的户籍年龄是错的。那些比别人早一年入学的人都说他们的户籍年龄不对，韩国的户籍制度就是要让人这么做。

仅仅因为同岁这个理由就嫉妒别人，我这种情况实属荒唐。但嫉妒心并不是我这种不成熟男人的专利，那些看似与嫉妒毫不沾边儿的人（比如知识分子、宗教人士、文化艺术家等），嫉妒心其实更赤裸裸、更细微。

据我所知，教授的嫉妒心最重，尤其是人文社会领域的教授们，他们的嫉妒心更是善妒无比。与自然科学不同，人文社会科学没有客观的标准，因此这一领域的教授绝对不会承认他人的优势。因为一旦承认了自己的劣势，就意味着他们自我存在的根基便会遭到动摇。正因如此，称赞他人的教授才如此罕见。但这并不代表嫉妒是个人性格的问题，毕竟人类情感总是由社会文化决定的。也就是说，一夫一妻制社会和一夫多妻制社会的嫉妒心有本质上的区别。

韩国是一个极其特殊的“嫉妒社会”（德国轻松地使用“Schadenfreude”这个词，表示幸灾乐祸，看来心理学起源于德国绝非偶然）。其他诸如危险社会、阶级社会、疲劳社会、焦虑社会等，也都是韩国的既定表现，但没有一个词能像“嫉妒社会”一样最能凸显韩国社会的特征。

如今动摇韩国社会的各种事件，无论采取什么方式，背后都有嫉妒作祟的成分。这是压缩式发展留下的集体心理学轨迹，因为身份和地位的变化太突然。财富的积累也大部分是通过不正当的方式或极度偶然形成的，对此有人却抬杠说运气也是一种实力。可恶。在这样的现实面前，终日奔波劳苦一刻不得闲的普通人，又怎能一直保持佛系心态不嫉妒人呢？

嫉妒心并非弱者的专利，一个强者因恐惧弱者与自己缩小差距而产生嫉妒心，这种情形更可怕，换言之，强者的嫉妒心比弱者有过之而无不及。德国“嫉妒心专家”（不知这个称呼是否妥当？）罗尔夫·豪布尔（Rolf Haubl，1951—　）将这种情绪定义为“差距嫉妒心”。上司对曾是下级的小人物不知不觉间突然成长壮大、一路攀升倍感不安，这种不安转变为敌意只是一瞬间。弗洛伊德因无法忍受学生荣格的迅速成长，将其赶出自己的学派并且恨了他一辈子，就是活生生的例子。

另一方面，嫉妒心并不是只有否定意义，豪布尔就主张“正当嫉妒心”的存在。正义与平等的社会共识，是对嫉妒心的制度管理；宗教的教义也有异曲同工之妙，天堂里的乞丐看着有钱的坏蛋下地狱而拍手称快是正常的，但假使有钱的坏蛋死后上了天堂还整日逍遥快活，人们就不免开始怀疑，上帝到底在做什么？不仅是个人野心，在可能引发社会变动的革新思想的背后，也存在这种正当的嫉妒心。

人们熟练地操纵身披各种外皮出现的嫉妒心，这种方式称为“文化”。使当今人类文明成为可能的最具决定性的心理学因素有两个：性与嫉妒（当然这纯粹是我个人的想法）。首先，性的方面弗洛伊德已经明白地解释过了，因为“直接做！”从许多方面而言复杂且不便，所以人类开始追求多种形态的性满足。性的共识，就是当今“美丽优雅的文化”，这是弗洛伊德文明论的核心。

另一方面，人类对嫉妒的抵抗比对性欲的抵抗更执着。有一句话适合任何文化圈，那就是“做人要谦虚”。曾经为了装腔作势摆架子吃了那么多苦，如今又说做人要谦虚，这不是发神经吗？那么为什么人必须要谦虚？原因很简单：为了不刺激他人的嫉妒心。

刺激他人嫉妒心的一瞬间你就出局（out）了，因为“为承认而斗争”作为“主奴辩证法”的核心机制发挥作用正是这一瞬间。为什么艺人们在谈话节目上经常哭诉“一路走来我也好辛苦好痛苦”？理由是相同的：因为害怕成为众矢之的，害怕成为所有人嫉妒的目标。

嫉妒社会的根本问题在于：无人谈论自己的嫉妒心。就像缺乏与性有关的社会讨论使得韩国社会的夜生活文化变得如此肤浅一样，缺乏对嫉妒心的社会反思，也使得各种愤怒和敌意都被误认为是合情合理的。

我朋友圭贤讨厌香蕉

2013 | 150mm × 103mm | 水彩画纸，油性笔，水彩颜料

我们不应该主张群体施暴是妥当的道德观或正确理念，有格调的社会意味着可以对嫉妒心进行妥善管理。每当愤怒和敌意达到顶点时，就应该反省这愤怒的根源究竟是不是正当的。

总之，我认为我们至少决不能像我的朋友圭贤一样，对白色的香蕉产生嫉妒心。

幸灾乐祸

由表示“伤痛”“痛苦”的“Schaden”，以及表示快乐的“Freude”组合而成的“幸灾乐祸”（Shadenfreude）一词，韩语翻译过来是“活该”。对此，欧洲其他国家的人指责德国是唯一一个允许这种不健康的情绪以如此明确的概念存在的国家。然而，视他人的痛苦为快乐与嫉妒这种普遍的情绪密切相关。

在心理学实验中，嫉妒心和幸灾乐祸的关系也得以确认。有一项实验以德国医大学生为对象，针对比自己成绩好得多的同学被怀疑偷窃药品，以及比自己成绩差的同学被怀疑偷窃药品这两种情况，对受试者的心理状态进行对比。结果显示，当比自己成绩好的朋友被怀疑时，受试者心里更痛快。越是自认为嫉妒心强的同学，这种倾向就越明显。

仔细研究那些疯狂追星的粉丝，很容易发现嫉妒与幸灾乐祸的心理。无名艺人成功到达巅峰成为大明星以前，粉丝们给予了巨大的鼓励和支持；然而艺人登上巅峰的一瞬间，粉丝们就开始改变初衷，暗自期待着明星的“戏剧性没落”。过分追星甚至干涉其私生活，因为无关紧要的小事就酸言的那些恶意留言，大部分都是明星曾经的狂热粉丝所为。

这些粉丝们通过SNS等社交软件以各种方式妨碍明星活动，折磨那些“翅膀硬了”不听他们意见的明星，以他们的痛苦为乐。如今大众文化的明星们必须做好心理准备，随时成为粉丝们幸灾乐祸的牺牲品，因为明星就是为了粉丝们把嫉妒心和自卑感转变为幸灾乐祸的心理而存在的。

嫉妒的文化心理学

人类的文明就是嫉妒的历史，圣经里该隐与亚伯的故事相当耐人寻味：有一日，代表农耕的哥哥该隐以地里的蔬菜和粮食为供物献给神，而代表游牧民的弟弟亚伯将羊献上，但耶和华只收下了亚伯的供物，于是愤怒的该隐杀了弟弟。奇怪的是，神并没有杀该隐，反而给该隐一个记号，让别人无法伤害他。人类就是该隐的后代，也就是说，“嫉妒”是人类的命运。

游牧民族的“妒忌管理”非常彻底，因为他们可以通过各种各样的宗教仪式防止财富和权力集中在一个人身上。对于随时搬迁的游牧民族来说，嫉妒管理起初并不复杂，但随着人类定居生活的开始，嫉妒管理变得越来越困难。

如今，人类开始使用多元文化手段来管理嫉妒，法律、制度、伦理和道德就是这样开始的。从心理学观点看，文化的本质是对嫉妒的管理，为防止贫富差距急剧扩大而整顿税金、福利相关制度；嫉妒被认为是不道德的，因此强调谦虚以免引起他人的嫉妒。

韩国人的嫉妒心尤其强烈，这是“压缩式发展”导致的结果。在经济逐渐丰饶的西欧社会，嫉妒管理体系即文化开展得既成熟又隐蔽，结果是人们自然而然地接受了身份差异和贫富差距。与此相反，将一切致力于实现经济富裕的韩国社会，却疏忽了对嫉妒的管理。

很多人认为，经济上的富裕是官商勾结等非正常手段，或地价暴涨等掺有运气成分的结果；当然也有少数人认为是正当努力的结果——事实上前者说得没错。在当今韩国社会，嫉妒很容易被贴上正常的标签，问题是当嫉妒的正常化与愤怒相结合时，一个社会的未来就会变得扑朔迷离，异常危险。对韩国社会而言，嫉妒管理将在相当长一段时间里成为极为艰难的课题。

为承认而斗争和主奴辩证法

这两个概念是德国哲学家黑格尔（Georg Wilhelm Friedrich Hegel，1770—1831）在精神现象学理论中提出的概念。黑格尔哲学的核心是对“理性”的信念，人类的理性是一个绝对者的体系，在现实中这种普遍有效的合理性应该以辩证法体现出来。“为承认而斗争”被用于解释黑格尔在耶拿时期的著作，特别是《精神现象学》中的“主奴辩证法”。但实际上“为承认而斗争”并不能称为黑格尔哲学的核心概念，因为它只是在其早期著作上出现，之后就消失了，后来又因为被哈伯马斯的学生阿克塞尔·霍耐特（Axel Honneth，1949—　）集中研究才备受瞩目。

主奴关系并非一成不变，历史的变迁——即历史发展，是主奴关系不断逆转的过程。主人不必被奴隶承认，而奴隶只有通过自身劳动生产的产品才能得到主人的承认。然而，奴隶从某一瞬间开始产生了通过自己的产品来确认自己的“自我意识”，主人却依然只是消费奴隶的产品。于是，通过劳动获得自我意识的奴隶，发起斗争消灭了主人，此时，主人沦为奴隶，奴隶晋升为主人。

阿克塞尔·霍耐特将黑格尔“为承认而斗争”的概念与美国社会心理学家乔治·赫伯特·米德（George Herbert Mead，1863—1931）的“主我”（I）及客我（Me）的身份认同（Identity）理论联系起来，尝试进行理论扩展。即当被他人认识的“客我”（Me）和自我认识的“主我”（I）不一致时，就会引发为承认而斗争。

大多数情况下，“为承认而斗争”是一个不包含客我的揭示主我内容的过程。（请注意，从这里开始是我个人的想法）“做人要谦虚！”这个道德命令，是“为承认而斗争”的相反过程，因为谦虚是一种防御手段，通过把主我和客我统一起来，或将主我降到客我的标准之下，从而防止他人破坏自己的身份认同。

————

破坏景点和谐气氛的人
简直无处不在啊。

————

糟糕的二分法

我有一位朋友50好几了还没结婚，他把世上所有女人一刀切地分为美女和丑女。我敢打赌这家伙肯定会单身一辈子。“我方——你方”的二分法是那些焦虑之人的特征，这些人如果不事先定好自己的位置，并在相反的方向确认敌人，就没办法确认自己的存在。

如果问家里有两个孩子的父母他们的孩子怎么样，父母回答时多半会比较两个孩子。“老大特别善良，老二呢有点自私。”经常是以这样的方式，肯定其中一个而否定另一个。有两个儿子或两个女儿的父母尤其如此。

若家里有三个孩子，尤其是既有儿子又有女儿时，相对于比较说明这种方式，父母更倾向于谈论每个孩子的特征，比如“老大爱运动，老二英语好，老三喜欢玩游戏”。

综上所述，只有两种情况时必然两极相反，所以相对于非此即彼，剪刀石头布才不会把事情搞砸。选择范围广，看待世界的眼光才能辽阔而深远。从心理学角度讲，所谓自由就是“选择的自由”。在特定背景下，主体选择范围大才更容易幸福。

韩国社会之所以充满愤怒和敌对心理，是因为每次都强调不可理喻的二分法。最近有人强烈呼吁与现有执政党、在野党不同的新党派出现，还不是希望摆脱“你方——我方”“保守——进步”等二分法的强制束缚。世上怎么可能只有“左派——右派”？也可能有“上派——下派”“前派——后派”啊！拜托，我每次都是“洋葱派”！世界本来就是这样多层次、多样化的。

无论是政党政治还是日常生活的琐碎选择，要想摆脱二分法的矛盾，就必须发现能将现在相对化的“元（meta）视角”，这跟同时有儿子和女儿的父母更容易摆脱二分法的两难境地是一个道理。当看待世界的视角多样化时，心情也会变得更加舒畅。

元视角只有在觉得有趣时才会出现，因为有趣和元视角是一枚硬币的两面。享受悲剧或恐怖电影的原因是我们知道故事是虚构的，并且具备将自己与恐怖故事相对化的的元认知能力，才能尽情享受那份乐趣。

近来真人秀节目之所以人气爆棚，关键在于元视角。至今为止观众一直是电视节目的被动消费者，但真人秀会不断和观众交流，此时屏幕上的字幕功能非常关键。

字幕本来只是听力障碍者的辅助工具，只负责真实呈现画面里的声音，但不知从何时起，字幕与画面的内容开始各成一派，有时甚至看不出字幕的叙述者究竟是谁。原本是节目主持人的声音，忽然就换成导演的声音或观众的感叹，字幕自由地对脉络进行改动。

悲伤的贾科梅蒂

2013 | 420mm × 595mm | 画纸，水干颜料，岩绘具

리오
가슴

这是元视角的复调，也是字幕有趣的地方。如今，没有字幕的综艺节目根本无法活下去。

在弗洛伊德的精神分析学中，他对幽默本质的定义也是一样。弗洛伊德解释说，幽默是“像大人一样的超我（super-ego）”对“孩子一样的自我”的安慰：“现在觉得很重要并感到痛苦的那些事其实根本不算什么。”以元视角从容看待事物的能力就是幽默感。一个风趣幽默的人，更能战胜精神和肉体上的痛苦，这是众所周知的。

当今韩国社会最亟待解决的事就是恢复“趣味”。只有活得有趣味，才能把二分法的视角相对化和客观化。个人生活也一样，只有活得有意思才能在其他事情上变得宽容。哪怕记忆力衰退到连旁人叫什么都想不起来，也得把和自己想法有所出入的故事听到最后，只有这样中年以后的生活才会变得丰富多彩。在老年学中，活得有滋有味、保持元视角的能力称为“智慧”。“有智慧的老人”的反义词是“脾气很差的老人”。

元视角

元思考或元视角，意思就是“关于思考的思考”“关于视角的视角”，心理学用“元认知”对这一概念进行了说明。日常生活中的元思考是以下列方式运转的：在设定银行密码时，大多数人会选择与生日或电话号码相关的数字，再复杂也无非是前任的电话号码或军队编号。

因为密码必须是容易记住的数字，在这里启动了两个“我”：每次都要想起密码的“1 号我”，以及把密码设成生日或电话号码，好让“1 号我”容易想起来的“2 号我”。这个“2 号我”就是元视角。在哲学里，元视角称为省察或自我反省，是能够以另一种视角观察镜子中的自己的精神能力。

诗人徐廷柱的诗《在菊花旁》这样写道：

“像从令人怀念、依恋和揪心的时节
回到现在
像从遥远、寂静无声的古老深巷中
回到故里
我站在镜子前
看窗外夜里的花朵
那些花儿开得就像我的姐姐一样漂亮。”

站在镜子前观察自己的元视角，只有在悠闲而孤独的时光里才能更好地发挥作用，如果在浑浑噩噩忙忙碌碌的生活里，就无法获得元视角，无法自我反省。因此，我们需要孤独的时光，好让自己充分休息。

复调

复调（Polyphony）一词是表示“多数”的希腊语 poly 和表示“声音”的 phonos 的合成词，意思是“多声部音乐，复调音乐”。多个旋律既保持某种独立性的同时又结合在一起的形态即为复调，巴赫的《赋格》就是其中的代表。与复调音乐相对的形态是“单音音乐”，例如格里高利圣咏一样的单声部音乐。

多声部演唱产生了和声，此时，音乐变得更加有趣了，同时也开始出现各种复杂的规则，例如巴赫的对位法。然而，通过合唱来演绎由对位法谱曲的歌曲时很难传达歌词的意境，所以巴赫在创作康塔塔[①]时一定会加入圣咏，一种由不同声部同时演唱相同歌词的方式。

苏联的文学批评家巴赫金（Bakhtin，1895—1975）用音乐的复调解释了小说等文学作品。他说，小说不是由主人公的独白构成的，而是由多种声音的对话构成的。声音越多小说越有趣，不同的声音之间必须保留空间，以便进行解释并让人产生想象。这就好比唱歌，如果一直独唱听众就会越听越乏味；说话也一样，光一个人说也会越说越没劲。我有一位名叫在林的朋友，当了十几年的“大雁爸爸”，每天只能自言自语。唉，不管怎样，自说自话这件事真是要不得。

老年学

老年学（gerontology）一词最早是在1903年，由俄国生物学

① 康塔塔 Cantata，多乐章的大型声乐套曲，原意指声乐说唱的乐曲，后演变成包括独唱、重唱及合唱，由管弦乐队伴奏，各乐章具有一定的连贯性。——编者注

家同时也是诺贝尔奖获得者梅奇尼科夫（Ilya Ilyich Mechnikov，1845—1916）使用。随着医学的发展，人类营养状况不断改善，平均寿命延长，老年人口急剧增加，老年学也随之兴起。退休后的生活还有几十年，对于活在百岁时代的现代人来说，如何过好老年生活是一个非常严肃的话题。

过去，发展心理学将人类发展大致分为儿童期——青年期——壮年期；进入20世纪后，则进一步细分为婴幼儿期——儿童期——青少年期——青年期——壮年期。到目前为止，普遍认为人类发展大多是在青年时期完成的，而壮年期一般被认为是用来维持已成形的生命;然而，随着20世纪后半叶高龄化社会正式到来，出现了“毕生发展”的概念，即人的发展并非终止于青年期而是一辈子都在发生；此后，探究老年人发展和变化过程的老年学开始登上历史舞台。

————

在韩国男人的记忆中，
朋友的姐姐一直都在睡觉，
她是森林中的睡美人。

————

————

“去朋友家玩，
朋友的姐姐正在睡觉，
我太兴奋就……”

这是20世纪七八十年代，
我蹲在学校的马桶上时
无意中瞧见的潦草的春画和涂鸦。

我用砂纸在画好的画上
仔细研磨石粉和胡粉，
做出饱经沧桑的壁画效果。

我就像一个仿造复古家具的木匠一样，
哀悼我那如白驹过隙般飞逝的快乐青春。

————

俄狄浦斯、阿阇世王与洪吉童

目前我在京都城外一所专科大学攻读绘画，因为我的梦想是成为一名成人漫画家，画一些给老年人看的漫画（随着老龄化社会的到来，老年市场将是一个巨大的“蓝海”）。只可惜我的日语实力不足以表达我独特的情色想象力，所以每天上午我都要上日语课，我就读的学院名称是“绿豆补习班”。

那是一家由村山俊夫先生经营的小型补习班。村山先生十分尊敬“绿豆将军”全琫准[①]。他的学生中有不少女士喜欢诗人尹东柱，在这里，韩流的始祖不是裴勇俊而是诗人尹东柱。此外，村山先生还撰写了《安圣基评传》，将韩国文化介绍到日本。此书在韩国出版时被译为《青春逝去又何妨》。

① 全琫准，朝鲜王朝后期农民起义的领袖，字明淑，号海梦，别名绿豆。——编者注

村山先生每次上课时，都会展开报纸谴责由安倍担任首相的日本。这还要从他年轻时说起。当时的日本，利用天皇制企图复活军国主义的极右势力气焰嚣张，村山先生预言这样的日本很快就会灭亡，连退休金都没有存，为此他最近每天早上都要挨老婆骂。有感于日本社会没人对天皇制提出问题的现实，他为此深深叹息。然而，从精神分析学角度来看，日本不可能废除天皇制，因为日本是缺乏弗洛伊德所说的“恋母情结”的民族。

儿子俄狄浦斯为了独占母亲而与父亲进行斗争，最后以弑父而终结。如果无法克服父亲，变化便无法产生，也不会有儿子的世界。弑父的儿子们为了阻止兄弟之间的斗争，创造出象征父亲的图腾动物并对它崇拜。不许招惹父亲的女人这一禁忌也随之开始。这就是宗教和社会制度的俄狄浦斯式出发点。

美国当代著名历史学家林·亨特（Lynn Hunt，1945—　）更进一步主张，法国大革命以后出现的“兄弟情”这一莫名其妙的口号，是代替君主专制制度的俄狄浦斯式解决方案，是弑父的兄弟们之间达成的“君子协议”。如今，完全不同的语言和种族之所以能以“欧盟”的名义聚拢在一起，也正是因为“兄弟情”。当然，在这种和平统一中，德国起到了最重要的作用。

德国战后世代绝不承认纳粹时代的父母，在每周末电视台播放的好莱坞战争影片里，他们的父母被联军残忍地杀害，然而如今的德国人却和杀害自己父母的联军站在一边，这就是一种持续性的象征性弑父。正因为德国这种痛苦的俄狄浦斯式自我否定，才有了今天的欧洲。欧盟是由弑父的主角德国所引领，以“兄弟情”之名联结在一起的集团。

日本的精神分析学者们否定恋母情结本身，因为日本的父亲是儿子们不敢杀害的对象。日本精神分析学的先驱古泽平作（Kosya Heisaku，1897—1968）提出另一套主张“阿阇世情结”。他是弗洛伊德的弟子。根据印度佛经，阿阇世王原本对母亲不想生下自己的事情心怀怨恨，想杀了母亲，最后却因为她的奉献和爱而忏悔。这种不是对父亲，而是对母亲爱恨交织的矛盾心态更能说明日本人的深层心理。

古泽平作的弟子土居健郎（1920—2009）是一位精神科医生，他在长期的医疗实践中注意到日本人有一种独特的心理特征——“甘え”情绪，即撒娇情绪。土居健郎的“撒娇”理论与古泽平作的“阿阇世情结”有相通之处，某种程度上“撒娇”可视为是对阿阇世情结的进一步发展。撒娇情绪是日本人特有的集体意识的心理学根据。如果放大日本精神分析学者的主张，则意味着“日本永远无法克服父亲”。

如此看来，就不难理解现在日本为何对殖民统治以及太平洋战争时期的野蛮行径抱有如此理所当然的态度了。因为如果要追本溯源，必须否定天皇制，所以他们才拼命地撒娇重复：“我们是原子弹爆炸的牺牲者！”“殖民地时代的赔偿已经结束了！”带着撒娇的情绪嚷嚷着“日本今后也要拥有军队，变得强大”——期待和这样的日本一起共谋东亚光明的未来简直是痴人说梦，这是从精神分析学角度来看得出的结论。

如果德国是俄狄浦斯情结，日本是阿阇世情结，那么韩国呢？

你爸爸不是你亲爸爸

2013 | 185mm × 145mm | 水彩纸，油性笔，彩铅，水彩颜料
（画作上的小字）
* 剧情稀里糊涂一团糟的韩式肥皂剧 *
爸爸：你不能跟他结婚，
他是你同父异母的亲哥哥。
妈妈：你可以跟他结婚，
你爸爸不是你亲爸爸。

韩国应该是“不能喊父亲的洪吉童情结”吧。换言之，韩国连可以否定的父亲都没有。虚弱的父亲让家园被人抢走，沦为殖民地，就连独立都是在他人的帮助下才实现的；独立后紧接着就是两兄弟之间相互残杀，即使过去了几十年，如今依然彼此敌视。让人匪夷所思的是，明明是同一个民族，却不清楚父母到底是谁。韩国的父母是“檀君爷爷”，那边却死命地高呼“父母首领”。唉，真是疯了。

弑父就不用说了，连兄弟情都无法实现，所以那些以出生秘密为主要剧情的垃圾肥皂剧才会不断上演。窃以为从精神分析学来看，这些狗血剧都是国家分裂遗留下来的精神创伤。若心理学家认为这种全世界唯一、令人啼笑皆非的分裂现实不会留下任何集体的心理创伤，那就把事情想得太简单了。

写着写着似乎有点扯远了……算了，反正大多数无法客观证实的人文和社会学假设，都是先提出来再说。

记得有次我读电影导演朴赞郁的采访报道，里面提到他们家的家训是“那就算了”，岂不妙哉！主持过《快刀乱麻》节目的朴钟镇主播的家训是“OK”（好的，没问题），这个家训也是很棒的。

俄狄浦斯情结

也称恋母情结，指儿子在厌恶父亲的同时，对母亲产生无意识的性依恋。“俄狄浦斯情结”源于希腊神话中的俄狄浦斯，是弗洛伊德在精神分析学中使用的术语。我认为这是弗洛伊德创造出的最好的概念，因为它完美阐释了世上所有“父子”之间的矛盾。

根据弗洛伊德的说法，随着男孩长大，他产生了“想要像父亲一样爱母亲”的欲望。儿子既想取代父亲占有母亲，同时又意识到父亲比自己更强大有力，因此他开始害怕父亲将他的生殖器阉割。于是儿子干脆改变态度，从恨父亲转为模仿父亲，决定成为“像父亲那样的人”。“变得怯懦”的儿子于是以父亲自居，分享并继承爸爸的价值。在弗洛伊德的精神分析学里，道德上的“超我”就是这样形成的。

与此相反的概念是伊拉克特拉情结，亦称恋父情结，是指女儿对父亲产生爱恋而对母亲产生憎恨的倾向。然而，伊拉克特拉情结并非完善的概念，理由就是女孩没有“阉割恐惧”，因此弗洛伊德的精神分析学对女性社会化过程的说明存在非常明显的漏洞。

古泽平作和阿阇世情结

相传古印度频婆娑罗王的王后韦提希夫人一直没有孩子，为了保住夫君的爱她决定求助预言家，打听生子的方法。预言家告诉她，她会怀上孩子，这个孩子是森林里一个仙人的化身，但这个仙人离去世还有三年的时间。韦提希夫人求子心切，等不了三年，为了早日怀胎，于是找到仙人并害死了他。仙人临死前下诅咒说，她将来所生之子必将弑父。满心恐惧的韦提希夫人试图堕胎却未能如愿，怀上的孩子就是阿阇世。由于恐惧仙人的诅咒，阿阇世出生后不久就被国王和王后下令从悬崖上扔下去，然而他却没死，奇迹般活了下来。

长大后得知自己出生秘密的阿阇世王子，听信提婆达多的唆使，把父王幽闭七重室内致死，篡夺王位；把母亲也关进监狱，后来受到良心和罪意识的谴责，心生悔悟却为时已晚，全身长满恶疮，臭秽难当。这时，他的母亲不顾一切细心服侍他并为他祷告，阿阇世痊愈后真心悔过，按照释迦的教诲重过新生。“阿阇世”一词中“阿阇”表示“未出生”，“世”表示“怨恨”，“阿阇世”合起来就是“还没出生就怀抱怨恨的孩子”。1932 年，日本精神分析学家古泽平作发表的用来描述日本人文化心理的“阿阇世情结”，就源于这个传说。

在弗洛伊德的俄狄浦斯情结中，对父亲的怨恨是自我成长的核心要素；而在阿阇世情结中，则是忏悔和母亲的慈悲。在俄狄浦斯情结中，儿子通过杀死父亲或向父亲投降的方式实现成长；但是阿阇世情结中，父亲则是完全脱离矛盾的存在。

土居健郎和撒娇

日本著名精神科医生土居健郎在《撒娇的结构》一书中，通过“甘え”（撒娇）这一术语阐述了日本人的深层心理。“甘え”是表示“食物香甜”之意的“甘い”一词的名词形态，一般译成“娇气”“撒娇”，但是土居健郎对该词进行了更全面的解释，将其定义为“想依靠他人的欲望”。

土居健郎的理论也用于解释当今在日本年轻人身上出现的两种现象，一是“宅”，二是“啃老”。“宅族”就是我们常说的宅男宅女，多用于形容对 ACGN[①] 的迷恋超出一般人的特殊群体，而“啃老族”则指成年后仍未“断奶”依然靠父母供养的年轻人，

韩国文艺评论家李御宁在《缩小志向的日本人》一书中批判道："甘え并非日本独有的现象”，韩国也经常使用类似的词，例如“装腔作势”（엄살，eomsal）这样的词就比“甘え”有过之而无不及，层次更多也更加复杂。因为日本人只通过与西方相比较这种方式来主张日本的文化认同，加之对邻国文化不太了解，所以才导致出现这种浅薄的日本文化论。

① ACGN 为英文 Animation（动画）、Comic（漫画）、Game（游戏）、Novel（小说）的合并缩写。——编者注

帽子越来越多。

啊！日本应该分裂

最后只剩 30 页时，我终于放弃了。我本来打算在日本生活期间翻译完两本书，所以当我译完一本简单的心理学书籍之后，又想挑战难一点的，于是我勇敢地选择了一本探索黑格尔美学和东方美学的哲学书。唉，如今看来我真是太贪心了。暂且先不提内容，光是作者语言晦涩之难懂就令人难以忍受。

比如说这句话，“広く人の心を打つものとなっているということになるの である”，根据上下语境简单译成“广泛地打动人心”就可以了，真是搞不懂为什么要说得那么长。这本书里几乎所有句式都采用类似的套路，理由很简单：作者不想明确表达自己的观点（我也经常在韩国的学术论文中碰到这种晦涩难懂的句子）。这位作者确实夸张，但不得不说，在日本老实表达个人想法和感情是一件非常可怕的事情。

“恐惧”是日本的集体心理学特征，窃以为日本人之所以亲切，也是因为恐惧。他们只在规定的范围内亲切，脱离了范围，态度就会大转弯。在日本，亲切如同互动的准则，害怕违反规定受到处罚所以才特别亲切，这与我们所想的“亲切”有本质的不同。

既然“恐惧”是日本的集体心理学特征，那我们不妨来谈谈随时随地都能拔刀相向的日本武士。然而，“武士化约论”早就是陈词滥调了。武士是什么年代的事情了？这得从日本扭曲的近代史中寻找原因，因为日本明明具备了近代国家的形态，却依然无法舍弃神话般的天皇制；除此之外，错过因战败而废除天皇制这个唯一的机会也是原因之一。所以关于“日本人是谁？”“日本是什么样的国家？”这样的书比比皆是，当然这纯属我个人想法。

“我究竟是谁？”日本始终饱受这个问题的困扰，无时无刻无处不在的“日本论”泛滥成灾，这是一种认定混淆。从福泽谕吉[①]的《脱亚论》开始，一直延续到拒绝成为东亚一员的今天，这正是“恐惧”成为日本集体心理学特征的起源所在。安倍不合时宜地穿着只有管弦乐队指挥才穿的燕尾服参拜靖国神社，那一脸严肃的表情，不恰恰暴露了他内心深处认定混淆带来的极度恐惧吗？

如果说“恐惧”是日本的集体心理特征，那么韩国的集体心理特征是什么？答案是“愤怒”。经历了近代以后的殖民地时期、战争、贫困和军事独裁，愤怒和敌意深深地扎根在集体的无意识之中。这是被压迫人民最后的抵抗手段，尽管有时它是自我毁灭式的。

① 福泽谕吉，1835—1901，日本著名启蒙思想家，明治时期杰出的教育家，被日本称为“日本近代教育之父”。——编者注

痛苦时期的愤怒和敌意到今天郁结为“恨”。然而，如今我们已经摆脱殖民统治70多年，也实现了政党交替形式的民主主义，还跻身世界前十的经济大国的行列；虽然压缩式发展带来的贫富差距非常严重，但是现在已经不是能靠愤怒和敌意来解决所有问题的社会了。那么，为什么韩国依然到处充斥着愤怒和敌意？为什么这么容易有你我之分？难道仅仅只因为“想法不同”，就能轻易将他人视为“该死的家伙”？

每个社会都避免不了自身的问题，然而解决问题的方式决不能如此粗鲁和拙劣。南北分裂这种荒谬状况，韩国人的愤怒和敌意这一旧有的集体心理创伤依然存在。换言之，不是“我方”就是“敌方”的二分法已经固化为韩国人的认知模式。所以要统一，为了治疗这种根深蒂固的集体心理学创伤必须统一。

从统一的德国来看，分裂的伤痛只有经历与分裂时间相等的岁月才能得以治愈。如果经历了70年的分裂，那么只有再过70年，才能实现心理创伤愈合的真正统一。想到这里，忽然觉得好郁闷，因为当初应该分裂的明明就是日本。就像德国因战争的责任分成东德西德一样，日本也应该分成东西两个岛屿才对。何况日本是四个大岛组成的，分起来还很方便。

战争是日本发动的，后果却甩给我们承担，所以日本对历史的态度至今仍是那副模样。如果日本负起战争的责任，像德国那样分裂，或许就不会是现在这个德行了吧。明明是加害者却故意回避这个事实，装出一副“原子弹爆炸受害者”的模样；如果日本能够抱着分裂的伤痛，不断反省施加给周边国家的恶行，最起码不会像现

统一就像窃贼一样悄悄到来

2014 | 228mm × 158mm | 画纸，水干颜料，岩绘具

在这样沦为“道德上被蔑视的国家”。

统一的德国之所以能主导欧盟，发挥强大的领导力，就是因为他们已经成熟地克服了分裂的伤痛。韩国的分裂虽令人委屈至极，但是以自我破坏式的愤怒和敌对心理治疗分裂之痛是不行的。只有以创新的态度熬过这段痛苦期，我们才能迎来新的领导机会。

总之，才 30 岁的年轻人不论如何都不能维持现在这种荒唐的模式。就算一家小杂货店，如果儿子以这种心态接手，也很快就会面临倒闭的。统一，就像凌晨的窃贼一样悄悄到来。

天皇制

天皇是日本皇帝的称号，是日本名义上最高统治者。天皇制是从古代到现代，号称“万世一系”的世袭天皇存续的日本独特的社会制度，从第一代神武天皇延续至今，日本天皇拥有的统治权随着时代的变迁而有所不同。原本在日本历史上，天皇是“能让稻米丰收的神”，只是 800 万神明其中之一。将这样的天皇神话成现实中全知全能神的人，是伊藤博文（1841—1909）这样的明治时代的政治家们。他们根据德国顾问洛伦茨 · 冯 · 施泰因的建议，模仿了基督教的“牧羊人”模式。所以直到今天，日本依然应被视为“宗教国家”。

福泽谕吉

福泽谕吉是日本开化时期的启蒙思想家、教育家、作家，19世纪60年代主张开放港口、开展教化、废除幕府、打破旧习等，对1868年的明治维新产生重大影响。当时，他认识到世界的中心是英美，于是率先带头将西欧思想和文化引进日本。“壬午军乱”后，清朝在朝鲜扩张势力，他还支援了朝鲜的激进开化派。1858年创办兰学塾，即今日庆应义塾大学的前身。在翻译西方语言的过程中，还创造了诸如“文明”“个人”“开化”等新词。今天日本使用的万元纸币上的人物，就是福泽谕吉。

福泽谕吉要求日本人否认东方人的自我认定，就是所谓的“脱亚论”。主张“与其坐等邻国开明，共同振兴亚洲，不如脱离其行列，而与西洋文明国共进退”。一直到现在，他主张的脱亚论仍对日本人的精神层面和文化层面有很深的影响。

基模

表示已结构化的思想或行动，人类在空白状态不能体验给予自己的信息和刺激，而是按照已有的背景知识去吸收。瑞士心理学家、发展认识论的开创者让·皮亚杰主张，我们的知识是在认知结构的基础上产生的。构成认知结构的模式在与外部环境的相互作用中不断被重组。

皮亚杰借用“同化”和“调适”等生物学概念解释该重组过程。同化是根据自身已有的模式来理解新经验的过程，而调适是指当新经验不能被已有的模式解释时就会修正已有的模式。通过同化和调适，人类的认知结构达到平衡状态。

即使出现新的刺激，都丝毫不改变已有的认知构造，这种情况叫作“偏见”，即只发生同化不发生调适的情况，二分法的思考方式就是一种最典型的偏见。随着年龄的增长，最需要注意的就是认知结构的失衡，所以人岁数越大越要接受新的刺激就是这个道理。

————

绕过我研究室所在的同志社大学的扶桑馆，
就能看见韩国诗人尹东柱的诗碑。
“希望至死无一丝羞愧……”

因为满心愧疚，
才会连“树叶间吹起的风”也让人们
如此难受。

想到他的诗，忽然觉得
不管怎样，我都要成为……更好的人。

————

军队足球、德国足球和韩国足球

为了看世界杯，我已经连续一个月晚上都没睡好。老实说我并不怎么喜欢足球，30 多年前的部队足球已经让我踢得很腻！我反感的理由不仅仅是因为部队足球永远只是老队员进攻新队员防守以及那简单的阵形，也不仅仅是因为每隔半月豁出命踢球只是为了得到面包豆奶那么一丁点寒酸又微不足道的补偿！

当时我是一个很特别的球员，是只有我们队快输时才会出场的“隐藏王牌”。我一进赛场就踢对方老球员的小腿肚子诱发群殴，让本来还能焦灼一会儿再输掉的我们队瞬间输掉，就这点而言没有任何士兵可以做得比我还好。

退伍后我再也没踢过球，根本没有理由主动踢球。但是，2014 年巴西世界杯真是太有看头了，尤其是德国夺冠的场面简直帅呆了！请注意我说的并非比赛本身。

首先，德国选手们登主席台领奖时，与选手们一一拥抱的德国总理默克尔吸引了我的目光。她出身前东德，在东德时是一位与政治毫无关系的研究员，后来在德国统一过程中参与了市民运动，统一后隶属保守党基民盟一员正式进入政界。

事实上，说她曾经是一张“挡箭牌”也不为过，用于安抚那些感觉被排斥的东德人民。谁曾料到她在中央政治舞台上发挥出如此卓越的领导力，2005 年当选为德国总理并且已连任 3 届，十几年来一直担任总理，受到超越政治派别的尊重。不妨试想一下我们统一后，一位朝鲜出生、成长的 50 出头的女性，有可能成为代表统一的韩国总统并连任十多年吗?

更有意思的是德国球员的阵容，黑人选手非常显眼，有些球员一看名字就知道不是德国人，我一查才发现近一半的德国选手都是归化者或移民的后代。从土耳其的归化球员厄齐尔、波兰裔的波多尔斯基、克洛泽、突尼斯裔的赫迪拉、原籍加纳的博阿滕等，这些选手都没有跟着赛前唱德国国歌。

我在德国待了十好几年，真的很难理解这种现象，因为我实在太清楚德国人对外国人尤其对波兰人、土耳其人、黑人的偏见有多深。至于德国极端球迷们毫不留情地发表种族歧视言论或采取相应的行动更是毫不手软。然而如今德国国家代表队一半队员竟然都来自非法外籍劳工最多的国家。

看到克服偏见成长起来的移民子女欢呼雀跃地拥抱着东德出身的女总理，兴高采烈地庆祝夺冠的场面，我真是感动得一塌糊涂。因为我看到了他们利用足球这一最保守、最集体主义的方式，战胜了近代人类历史上最丑恶的纳粹主义亡灵。至少德国足球已经摆脱了集体主义的歪曲，正在变成有意义的文化行为。那么，对凌晨跑到机场对着满脸沮丧意志消沉的年轻球员们只会大骂“去死吧！”这样的韩国足球，我们应该如何解释？

暂且先不说那些年轻球员们，我们不妨先对洪明博教练进行一番反思。当初他一直百般推辞，说“现在还不是时候，我还没有准备好”，谢绝出任教练，然而我们依然坚持“您是唯一的希望”，恳切地请求他担此重任。虽然的确很遗憾，他领导的代表队在所有比赛中都表现得很差，可是话说回来，即便如此，球迷们难道就可以随便对洪教练投掷麦芽糖[①]羞辱他吗？还有，拿他在世界杯备赛期间买地、宣布辞退主教练时还随便穿牛仔裤露面等事大肆批评，真可谓“欲加之罪何患无辞”，不觉得这些指责实在太过分了吗？换位思考一下，不觉得很夸张吗？

苏联文化心理学家维果茨基（Lev Semenovich Vygotsky，1896—1934）将文化定义为“以符号或象征为媒介的活动”。人类对刺激的反应是直接的、立即发生的，这种自然状态延续了数万年，虽然有助于生存但不可能发展为高层次的心智历程。与此相反，以象征为媒介的活动赋予共同体成员生命的意义。当人类共享意义时会感到幸福，所以才需要和衣食住行无关的文化。

文化，即以符号为媒介的活动，始于用刀把猎杀的鹿的数量刻在树上，并将他记住的认知能力。通过以符号为媒介的思维行动，

① 在韩语中“吃麦芽糖”类似“去死吧”的意思。——译者注

不管怎么说……也不该扔麦芽糖！

2014 | 910mm × 728mm | 画纸，水干颜料，岩绘具

实现共享意义的沟通并维持共同体的价值，这就是维果斯基主张的活动理论的核心。

以不高兴、不满意、当场表达愤怒等方式是无法维持共同体的，而且也会让全体成员变得不快乐。如果真的担心一起生活的共同体，就不能像“喷子”“键盘侠”那样带着怒气随意发泄。也就是说，不经深思熟虑决不上传披着“批判”外衣的诅咒语，不随便点赞等等。脸书私下正在研究的就是这种大规模的“情绪感染”。

如果想维持一起生活的共同体，那么不管多不满意都必须谨言慎行，这样所有人才能和谐地生活在一起。共同体不应该像军队足球那样简单粗暴地处理，而当今韩国社会似乎不仅仅只有足球暴露出这样的问题。作为80年代不高兴就搞破坏的军队足球的“隐藏王牌”，我是真的很忧心才这么说。

活动理论

活动理论始于20世纪20年代苏联文化心理学家维果斯基的文化心理学。维果斯基将马克思的唯物主义应用于心理学，把“工具”的概念引到人类心理的重要层面。人类的高级精神过程总是以工具为媒介，就像人类和动物的劳动差别在于人类会使用斧头、铁锤等工具一样，区别于其他生物的心智历程之区别在于懂得使用符号和语言等工具。

蜜蜂和蚂蚁的筑巢技术再高超也比不过新手木匠，因为再蹩脚的木匠也能在盖房前预先在脑海里勾勒出将要完工的房子形态。维果斯基解释说这种能力就是“以符号为媒介的行为”。人类一切文化活动都是这种行为的延伸。儿童在成长过程中，会将语言等文化符号内化，然而这并不是单纯地把符号刻在心里，而是把以符号为媒介的行为，即文化活动内化。

维果斯基的学生阿列克谢·列昂节夫将“活动”概念进一步细分为“活动—行为—动作”三个层面。例如狩猎活动由准备弓箭、骑马奔驰等行为构成，每一种行为都由其下级单位的动作构成。

狩猎活动是通过维持生命和繁衍种族的文化历史动机进行说明的。与之相反，行为则是由目的或目标规定的。构成行为的动作取决于各个行为发生的条件。活动理论用这样的概念体系阐释了文化和心理历程的相互联系，是和美式微观心理学有本质不同的解析方法，后者将心理学对象只局限于“个人的内心”。

今天，一些欧洲学者依然在讨论由维果斯基提出并通过列昂节夫延伸的活动理论，但理论成果泛泛，因为美式微观心理学才是主流。相反，被美国教育家们接受的维果斯基的互动发展理论，因被视为皮亚杰的公式化认知发展理论的替代品而备受瞩目。总之，再难的理论，美国学者也能轻而易举地将它实用化。

情绪感染

所谓情绪感染，是指在自动地或无意识地模仿对方的表情或表现的同时发生情绪同化的现象。有趣的是，负面情绪的感染性比正面情绪传播得更快且更高。相对于正面信息引起的快乐、愉悦等感情，人们对负面信息引起的悲伤、愤怒等情绪反应得更快、更积极，因为负面信息对生存更重要。

从原始时代开始，负面信息就对生存产生了决定性的影响。例如“那边有一只老虎”的负面信息和“这边有一根香蕉”的正面信息同时出现时，人们会对哪一种信息反应更快？当然会更快、更积极地响应负面信息，因为要活下去。香蕉可以晚点吃，但如果被老虎吃掉，一切都完蛋了。

虽然如今已不再是老虎会突然冒出来的原始时代，但人类依然会本能地对负面信息迅速做出反应。正因如此，世上绝大部分新闻才如此消极吧。好消息没人太在意，然而不好的、糟糕的、悲伤的新闻对人们的刺激却立竿见影。在新闻成为商品的今天，利用夸大的手法来赚钱的人非常多。通过各种社交网站传送的新闻也都在煽动愤怒、焦虑等负面信息，甚至还出现了在悲伤的新闻后点赞的奇怪现象。

————

我宿舍门前的一把雨伞，
影子
细长
悲伤。

你的步调快吗？

我的后辈许泰均教授在公共澡堂总是先穿白衬衫、系上领带后才穿短裤，这样的他无论做什么事都是一副信心十足的模样，在主张自己的心理学观点方面也毫不含糊。他认为，大多数精神病理学上的疾病都是文化社会的产物。就在100多年前甚至还有人主张："黑奴身上存在着为获得自由而逃亡的精神疾病即漂泊狂症。"这样看来他说的确实没错。

下面我们来看一下暴露癖（exhibitionism）是怎么回事，大部分暴露癖患者都是男性，从被报告为暴露癖实例的美国资料来看，暴露癖主要发生在18—50岁的白人男性身上。韩国也一样，只听过"风衣男"，却没听过"风衣女"。

为什么暴露狂总是男性？因为以男性为中心的文化对女性的裸露持宽容的态度。当然，无论男人还是女人，暴露性器官绝对是现代社会不允许的精神疾病。但排除这种极端情况，让我们再好好思考一下这个现象。

一般来说，只有女性才敢大范围地裸露身体，除了性器官以外，女性大部分身体部位都可以大大方方地露出来，甚至可以认为这是一种被暗暗鼓励的文化。但男性却不同，如果一个普通男人着装前卫大胆，以女性裸露的程度暴露身体部位，那么他极有可能被诊断为严重的暴露症患者。我认为这是因为诊断一个人是否患有精神病的心理学家和精神科医生大部分都是男性。对世上所有男人来说，女人暴露得越多他们自然越开心，但面对男人的暴露却感觉很不舒服。我在澡堂面对许教授，也感到非常尴尬。

实际上，不少精神疾病都是由文化社会决定的。现今的标准大部分都是美国精神医学学会正式使用的精神障碍诊断与统计手册（DSM，Diagnostic and Statistical Manual of Mental Disorders）。DSM 的最新版本是 2013 年第 5 次修订的 DSM-5，自 1952 年 DSM-1 出版之后的 60 年间，该系统历经 5 次改版，这意味着精神疾病的标准每 10 年就被修订一次。

比如神经衰弱，也是突然某天被判定为一种精神疾病。第一个把神经衰弱指定为精神病理现象的人是美国医师比尔德（George Miller Beard，1839—1883）。1881 年，他在《美国人的焦虑》一书中，把疲劳、不安、头痛、神经痛、抑郁等症状伴随的心理状态称为神经衰弱。

起因是时钟，当时时钟变得太精确，以至于“几分钟甚至几秒的差距就能改变一生”的想法开始普及，于是人们时常紧张地看时钟。手表的发明也是导致神经衰弱的一个原因。有些人一看手表心就扑通扑通直跳、冷汗直冒。

神经衰弱正式被视为精神疾病，是从一个世纪前的欧洲开始的。20世纪初，欧洲知识分子中间突然出现了有气无力的症状，1913年，精神科医生们正式将这种现象诊断为神经衰弱，从此神经衰弱像流行病一样蔓延开来。20世纪现代主义系列的代表性小说家罗伯特·穆齐尔、社会学家马克斯·韦伯以及当时德国皇帝威廉二世都是神经衰弱的代表例子。

神经衰弱是一种心理上的不适应现象，因为电力、电信、火车的发明使生活速度加快到心理根本承受不了的程度，因此也可以说，这是一种由于心的速度跟不上生活的速度而产生的精神疾病。然而，在经历了两次世界大战之后，人们开始逐渐适应加快的生活速度，于是被诊断为神经衰弱的患者日益减少。尤其在现代社会，一定程度的心理不安被认为是任何人都必须承受的压力。

100多年以后的今天，人类又开始出现速度不适应的现象，只是这次换了一个新名称——身心耗竭，即个体在工作重压下产生的身心疲劳与耗竭的状态。身心耗竭有时也译作“倦怠症”，大多出现在热衷且擅长工作的人身上。当工作压力过大或负荷过重时，突然某一刻，精神和肉体就像燃尽的火柴一样瞬间崩塌。尤其是当下社会，以智能手机和互联网为媒介的生活速度之快，已经达到100年前电信火车时代的生活速度无法比拟的程度，擅长工作的人拼命追赶这种速度，从而让自己陷入崩溃。

一向以IT强国自居的韩国，一切都快得惊人。西方国家经历数百年才得以实现的现代化过程，韩国仅用了几十年就完成了，这一

心急如焚的晚上，白忙活了……

2014 | 718mm × 718mm | 画纸，水干颜料，岩绘具

点的确值得国人自豪。在遥远的将来，20 世纪韩国社会这令人赞叹的压缩式成长过程，将和 800 年前成吉思汗建立蒙古帝国一样，被视为丰功伟绩，记录在历史的长河中。然而正所谓“有得必有失”，以惊人的速度实现发展的韩国社会必将产生某些副作用。

那就是集体性的神经衰弱。与西方国家相对斯文的（不知这样说是否贴切？）的沮丧和个人倦怠相比，韩国的集体神经衰弱是激进而具有攻击性的。因无法承受巨变而导致的“韩国式不适”常常伴随着集体愤怒和自我破坏式的敌对心理，导致人们随时随地宣泄内心的不安，并且通过网络和社交网站迅速蔓延，仿佛每个人都在叫嚣着:“敢惹我一下试试！”

如果不能采取措施有效管理这种导致心灵荒芜的集体神经衰弱，那么韩国社会很快就会完蛋！甚至比成吉思汗的蒙古帝国还要快，我是说真的！

日子如何才能不疾不徐从容地过好？这问题需要细细思量。“有傍晚的生活”“有周末的生活”或许才是解决方案。

精神障碍诊断与统计手册

1952 年，美国精神医学学会出版了《精神障碍诊断与统计手册》（简称 DSM）。此前，精神科医生主要根据个人的主观判断诊断精神疾病。由于医生的主观诊断产生了许多副作用，为了完善这些问题于是制定了系统客观的手册。然而，也有人诟病 DSM 第 1 版、第 2 版，某些内容依然含糊不清。

第 3 版于 1980 年出版，对 265 种疾病进行了更系统、更科学的整理，继而成为全球标准。韩国从此也开始将 DSM 作为精神疾病的主要诊断标准。2013 年第 5 版发表，包括 10 种人格障碍，另外还创建了新的类别包括强迫症和创伤。令艺人饱受煎熬的恐慌症首次出现在第 3 版中，并且在 1994 年第 4 版中进行了确切的症状分类。也就是说，恐慌症并不是一种历史悠久的精神疾病。

第 4 版还包括一种新类型的精神疾病“Hwa-Byung”，直译为“火病”，该词是按照韩文发音标注的，意思是“因压抑愤怒而产生的综合征”，英文是 anger syndrome。由此可见，精神障碍根据文化和时代的不同有不同的定义。

身心耗竭

指努力工作的人因身体和精神上长期积累的疲劳突然丧失欲望，而渐渐变得有气无力的症状。burnout，顾名思义，就是“因燃烧而消失、耗尽能量”的意思，意味着瞬间燃烧殆尽，甚至还被翻译成身心俱疲症候群、职业倦怠综合征等。燃尽症候群是压力过大的极端形态，使人丧失工作欲望，并患上慢性疲劳症、健忘症或抑郁症。

燃尽症候群虽然不包含在《精神障碍诊断与统计手册》第 5 版中，却包含在《国际疾病分类》（ICD，International Classification of Diseases）第 10 版中。1974 年，美国精神分析医生赫伯特 · 弗罗伊登贝格尔将格雷厄姆·格林小说中出现的概念首次用于诊断患者。我也在 2005 年出版的《有多会玩，就有多成功》一书中，详细介绍过身心耗竭以及自我诊断体系。应该说就当时而言，身心耗竭对韩国社会来说还是个很新的概念。

“即使短暂也要有成就地活着”，早已习惯这种口号的韩国社会随处可见身心耗竭，尤其是中年男性，总觉得“平平淡淡却细水长流的活法”给人一种憋屈窝囊的卑微感。韩国中年男子的猝死率达到世界最高水平绝非巧合。此外，韩国人的年平均工作时间排在经合组织（OECD）第 2，大约 85%的上班族深受身心耗竭的折磨。

————

————

一个人久了
强迫症越来越严重。

要是和家人在一起就好了。

“老婆！厨房煤气都关了吧？”
“儿子！灯都关了吧？“

我站在门前问了又问，却无一人应答。

————

（便利贴上的韩文）
1. 插座
2. 空调
3. 厨房煤气

你怎么跟爸爸一样！

刚刚过去的中秋节，难得将近一周时间我们一家 4 口欢聚一堂。这是大儿子从部队退役回家、我到日本留学后，第一次全家一起过中秋，阔别了整整 3 年啊！如今两个儿子都比我高了，而且长得跟我一样开朗，看着真是非常欣慰。嗯……当然了，这是一开始的时候。

然而，一起待的时间越长，我就越不满意我那两个儿子。动不动就随意用我的手机和平板电脑，用完扔哪儿都不知道，简直要把人逼疯！对了，还有那该死的手机充电器，每次用完都随手一塞，再用时根本找不到。实在忍不住了我就小心地说了几句，家里的气氛立马被搞得很僵。

有我在时两个儿子吃饭倒是挺安静，但只要我一进里屋打开电视，饭桌立马热闹起来。他们两个不知为什么总咯咯笑，我竖起耳朵偷听，时不时能听见老婆说“你们怎么跟爸爸一样！”老婆竟然也跑去凑热闹，一群人聊得不亦乐乎！在这里，“爸爸”是一个一般名词，代表“动不动就因为鸡毛蒜皮的小事生气、一气就气好半天，爱记仇、大腹便便、头发稀疏的50多岁的孤独老男人”。唉，整个中秋节我心里都空落落的。

当兵时比我晚入伍一周的后辈善奎跟我正相反，一天到晚乐呵呵的，是个好好先生。是因为来自忠清南道礼山村里的缘故吗，他性子奇慢，报名都报得比别人慢一些：“报告！我—是—二—等—兵—金—善—奎！”就因为这个，他没少被一等兵申灿秀和上等兵赵英男整蛊。谁知这个拙嘴笨舌的家伙退伍后，竟在一家大银行连任宣传部部长5年多。虽然他的英文发音实在不敢恭维，但多年来一直负责外国人的投资，不久前还荣升为本部长。真是一家非常奇妙的银行。

“真是烦死人啦！”善奎聪慧的妻子经常埋怨丈夫太善良、性子太慢。不管她有多生气，善奎的反应永远都是“呵呵”。有时她都心急如焚了，他却还像没事儿人一样，真搞不清他脑子里到底在想什么。那么，总是气呼呼的我和总是笑呵呵的善奎，究竟谁才是更好的丈夫呢？答案是，半斤八两。

德国格式塔心理学理论中有一个闭合法则，也称完结性法则。指人类生来就具有将不完全的信息以完整的形式加以解释的心理倾向。比如说，一个缺了小口的圆形，我们还是会把它当成完整的圆形来看待。

拥有的信息不完善造成的后果，就是为了填补信息漏洞而彻夜难眠，绞尽脑汁苦苦思索：“他究竟为何说那样的话？”无论如何都要找到答案才能安睡。事情再小都想有个说法，找不出合理的解释就寝不安席。然而辗转反侧苦思冥想的问题，到了第二天一早又觉得无所谓了，这也是因为上述原因。

善奎的行动有太多资讯是空白的，即使他妻子试图通过解释来填补那个漏洞也无济于事。相反，我的行动提供的信息却几乎没什么漏洞，不管别人再怎么不高兴，我的原因和结果都一目了然。只是不得不承认，我这风格的确存在问题，那就是和我相处人们很快就会觉得索然无味，甚至感到厌烦；而解释空间过大的善奎，则容易让亲近的人郁闷烦躁。所以综上所述，信息的漏洞必须恰到好处。

但是也有一些人很好地利用了格式塔原理的闭合法则，这些人就是印象派画家。印象派画作之所以这么厉害，是因为它与物体之间的空白拿捏得刚刚好。印象派之前的绘画，画家画什么怀着什么意图进行创作这些都清清楚楚，因为尽可能真实地还原物体就是当时画家创作的目标。

也就是说，他们的画作几乎没有信息漏洞，导致观众在欣赏画作时没办法沉浸在天马行空的思绪之中，全无解释的空间，很没意思。所以几乎没人愿意在文艺复兴时期的画作前流连忘返，即使它们被挂满欧洲美术馆的墙壁。相反，印象派画家因为不必还原物体，摆脱了这种束缚，观众得以积极地解释画作，从而产生互动。

西方的近代并非源于法国革命，而是源于印象派绘画，这是因为印象派绘画实现了真正意义上的文化互动。印象派之后，人类的认知能力大幅增长，但现代美术却又太出格了——到毕加索为止，绘画中包含的信息漏洞尚能接受，然而，随着现代美术时代的到来，

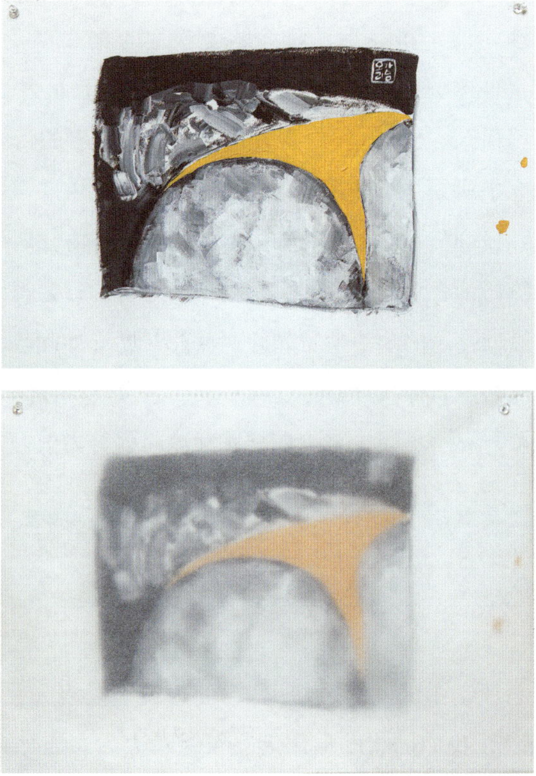

黄色内裤和美式谩骂之间

2014 ｜ 533mm × 380mm ｜水彩纸，水粉颜料

观众需要自行处理的信息量大幅增加，甚至到了难以承受的程度。（比如说如果把我这幅画作取名为“黄色内裤”，它就是文艺复兴的绘画；取名为“美式谩骂”它就是现代美术。）

能够互动才能走得长远，曾经颇受欢迎的美式自我开发图书，近来逐渐变得低迷，原因也在于此：无法与读者互动。“成功人士必备的几十个习惯”，类似这种启蒙方式怎能吸引读者的目光？启蒙和互动，从概念上讲是风马牛不相及的。

自20世纪后期后现代主义争论后，文学的衰微也是因为主动放弃了可以保障与读者之间互动的机制。无法互动的行为都无聊至极且令人厌烦，最近韩国的政治便是如此。然而，允许如此政治行为模式的日子就到此为止，像我和善奎这样难以与人互动的韩国男人也到此为止。暂且撇开妻子不谈，至少在被儿女冷落前努力做好自己吧。

闭合法则

格式塔心理学中的“闭合法则”，简单说就是当元素不完整时，根据以往经验，我们仍将图形作为一个整体去看。比如说我们把由不连续的线构成的形状视为已经了解的圆形、四角形或三角形等。可以看到，闭合法则属于“整体不等于部分之和”的范畴。人们具有以规律系统的方式接受自身经验的倾向，也就是说，我们会以现有的经验知识为基础，将未完成形态认知为完成形态。

闭合法则并不只限于视觉经验，也适用于人类所有的互动。互动应该始终有解释的空间，如果所有的信息都正确而完美，那么这种互动恰如嚼蜡一般索然无味，因为这种情况下对方的角色是否存在已经无谓了。

年轻人说“老顽固”这个词时，说的就是那些没有解释空间的人，他们所传递的信息内容虽然是明确的，但也是单方面的、无法互动的。“倚老卖老”，比较斯文的表达称为“启蒙”。还记得曾经风靡一时的导师热潮吗？那么多人以导师自居，试图启蒙年轻一代。殊不知，年轻人期待的并非老古板，于是他们很快就不吃这一套了。

“教育”一词本身必须改变，有些人甚至主张用“协商”代替“教育”，只有那样才能实现真正意义上的互动。总之无论如何，单方面的启蒙时代已经快要消亡。

印象派和休闲时光

仔细观察印象派的绘画就会发现一些有趣之处，那就是我们常常看到人们享受余暇的画面。大部分印象派的画通常都是以郊游、划船、日光浴、骑马、西餐厅、剧场等为背景，主人公大多是生活富裕、充满活力的人们。旅行也是印象派绘画的重要主题之一，除了沿途的风景，火车站也是常见的素材，像巴黎的圣拉扎尔车站就经常出现在莫奈、马内等印象派大师的作品中。

过去时代的绘画，试图在画幅上精确地再现人们共同体验到的世界；与那个时代的绘画相比，印象派试图把画家内心瞬间的体验融入作品中。从“再现”到“表达”，有其社会条件，那就是在规定时间内劳动，其他时间则休息的工业社会的出现。没有余暇时间就没有印象派，因为只有专注于内心才能表达。

在工业资本主义站稳脚跟之前，劳动时间还不固定，人们习惯日出而作日落而息，或者一直工作到付工资的老板喊停为止。随着主张劳动者权益的呼声越来越高，从法律的角度规定了劳动时间，也产生了将劳动力集中在一段时间内，以进行大规模生产和大规模消费的需要。就像规定劳动时间一样，余暇时间也以规章制度的形式走上正轨。事实上，表示“剩余时间”的“余暇”一词，其表述并不确切。闲暇时光不应该是剩余的时间，而是再次投入生产时所必需的时间，也是让人尽情享受自主生活的自由时光。在德语中，Freizeit 一词表示“自由时间”。韩国要想成为真正的发达国家，就必须充分重视并落实休闲时间。休闲时光不仅可以为疲惫的人们充电，还是可以让人们自由发挥文化想象力的创意时光；“跟爸爸一样”疯狂地喝炮弹啤酒，以泄恨的方式度过休闲时光的生活，是时候结束了。

————

————

每次厨房吊柜门打开时，
我可怜的头都会被撞到！

我能不委屈来气吗。
明明打开那一刻我就料到会这样啊……

————

PART 4.

意义是如何产生的？

人类因出生时不成熟而伟大

生活中最让人憋屈的事，应该就是无辜遭他人白眼的时候了。当你本来没有任何念头，只是四处张望，结果意外和某个姑娘对视，她却以为你因为她美而盯着她看，于是立马摆出一副厌恶的表情，这可以说是世界上最冤枉的事了！漂亮女人总是带有一种特有的傲慢态度，好像全世界都在关注她一样；而有的女人一点也不漂亮，却自以为很美，并摆出一副高傲的表情，让人非常受不了。虽然很想追上去怼她一句“你真的不适合这样”，但是那么做实在是荒唐又可笑，因此会感到十分委屈。我还遇见过有人刚放完屁就下了电梯，我紧随其后进去，结果后进来的人还以为是我放的屁，捂着鼻子满脸狐疑地斜视我，你说我冤不冤？

我们常说“眼睛是心灵的窗口”，眼神就代表着心理状态。只有人类会通过眼神进行沟通，所以才有“感觉到别人的视线”这样的说法。“眼神接触”和“共享注意力”是人类特有的强大能力，尤其是与“共享注意力”有关的研究成果，我认为是过去几十年来心理学领域最伟大的成就。

根据认知发展心理学家的说法，人类会对他人心理状态建立一套理论，换句话说，先建立心智理论然后再进行验证，这就是理解他人的过程。在探索高级认知能力的过程中，发展心理学家发现“共享注意力”是特别了不起的能力。

共享注意力，顾名思义就是指一起注意某个对象。要想谈论某个对象首先要一起看他（它），因为只有先共享眼神才能进行沟通。黑猩猩等类人猿有时也会表现出超越人类的惊人的认知能力，但却依然只是动物的原因，就是因为它们不具备共享注意力的能力。只有人类才能与他人实现眼神共享。哦差点忘了，与人类共同生活数万年的狗也是可以和人类进行眼神交流的，所以千万不能吃狗肉。

要想通过语言进行沟通，我们就必须共享这个词的意思。省略了共享意义之主体的客观意义是不存在的，所以人文学不知从何时起开始回避“客观性”这一单词。自爱因斯坦（Albert Einstein，1879—1955）和海森堡（Werner Karl Heisenberg，1901—1976）以后，自然科学领域的客观性表达十分落伍，认为应该改用“主体间性”才更有格调。所谓主体间性，是主体间意义共享的哲学概念。但这一伟大的意义共享能力究竟是如何产生的呢？毕竟人类并非一出生就拥有这一了不起的能力。

只有人类具有“共享注意力”的能力，宝宝出生约9个月后就开始和妈妈不停地尝试进行眼神共享。“这是什么呀？”宝宝以语言的或非语言的信号，以及妈妈丰富多彩的回答填满了宝宝的日常生活。“这是火

眼神即心灵

2014 ｜ 410mm × 320mm ｜画纸，水干颜料，岩绘具

车！这是椅子！”通过妈妈的回答宝宝熟悉了单词的意思并开始和他人共享意义。总之，如果没有“共享注意力”，就绝对不可能实现意义共享。

发展心理学的关注并不止于此，更深入探讨为什么只有人类才拥有这一卓越的能力？因为我们人类可以“进行眼神接触”，而这是共享注意力的前提。人类通过眼神交流共享情感。换言之，那是共享情绪时最富含信赖感的沟通行为，只有人类才有这种能力。动物一旦对上眼，就会认为对方在威胁自己，立马仰天长啸进入备战状态。偶尔对视却摆出一副“你看什么？”的臭脸，这样的韩国男性在人际沟通方面已经大幅落后于人类的沟通标准。

主体间性的哲学命题按照发展心理学的原理整理如下：意义共享必须通过“眼神共享”才能实现，而“眼神共享”则要通过“情感共享”才能实现。想必世上没有多少人可以如此简明扼要地概括这一艰深的理论了吧。（哎哟不好意思，且容我窃喜一下吧，谁能如我一般把主体间性这一哲学命题整理得如此简洁明快？我知道这样写必然会有好多人拼命反驳，拜托别这样！）

为什么只有人类能共享注意力？因为人类出生时还不成熟。世上所有的哺乳类都是在母体里完全成熟后才出生的，出生几小时后就能用自己的脚踩着地面站起来。但是只有人类是以未成熟的状态来到世上的，光是控制自己的身体就得花好几个月的时间。在这郁闷痛苦的时间里，婴儿得以学习如何与他人进行眼神交流和分享情感，而其他一出生就能撑起身体的哺乳类不需要与其他同类进行眼神交流。婴儿不得不和妈妈对视进行眼神交流，因为那是他一动不动只能躺着时唯一能做的事。

人类之所以伟大，就在于出生时还不成熟，因此，无论从何种角度出发，我们都要关爱和照顾那些不够成熟的人，因为不成熟才是沟通的本质。从心理学角度看，恻隐之心和沟通犹如一枚铜钱的两面。

关照那些貌似有所欠缺的人，不是一个伦理学问题，而是人类存在论的核心。无法照顾不成熟者的社会必然会变成无法沟通的社会，最终沦落为野蛮社会。决不能把人们不再沟通这个问题，每次都归结为没人负责的社会结构问题。

共享注意力

我们每天都在和他人沟通，仔细想想这是不是很神奇？当我们说“我爱你”这句话时，谁能保证我们和对方所理解的爱意思相同？谁也保证不了。然而，我们却互相理解、彼此信任，只因为我们共享“爱”的意义。那么，“共享注意力”是以什么方式又是从什么时候开始的呢？

人类并非一出生就可以共享意义，而是从“肌肤共享”开始的。宝宝出生后通过触摸和妈妈进行交流。原本与妈妈一体的婴儿和母体分离后，和妈妈沟通的唯一方式就是肌肤的共享。当妈妈抚摸宝宝时，触摸到的皮肤既不是自己的也不是婴儿的，而是她和孩子两人共有的。

下一步是“情绪共享”。随着宝宝的成长，可以开始和妈妈眼神接触之后，妈妈便不断尝试和宝宝分享情绪。此时镜像神经元的作用至关重要。

再下一步是“眼神共享”。眼神共享通过“共享注意力”得以实现，这是因为人类通常本能地去看别人看的东西。总而言之，人类的交流通过以下 4 个步骤展开：肌肤共享——情绪共享——眼神共享——意义共享。

心智理论

心智理论意味着能够想象和理解他人观点和情感的认知能力。心智理论之所以成为发展心理学的热门话题，是因为“错误信念实验”。

研究者在受测儿童不知情的情况下，偷偷把铅笔放在巧克力盒子里，然后问他巧克力盒子里是什么，孩子当然回答“巧克力”；可是打开箱子一看里面是铅笔，这时盖上盒盖再问孩子：“如果现在给外面玩的孩子看一下这个巧克力盒子，那么你会说里面有什么呢？”

如果受测儿童知道自己看到的世界和他人看到的世界不同，就会回答是巧克力；但如果他不明白自己看到的世界和他人看到的世界是不同的，就会按照自己所知道的信息回答是铅笔。通常四五岁的孩子们回答的是巧克力，也就是说，从他人的角度看世界，建立有关他人内心状态理论的年龄是四五岁。

问题是随着年龄的增长以及地位的提升，这种心智理论的能力反而会逐渐消失。因此，越是自以为是的上级，就容易对下级说这样的话：“为什么考虑得这么不周到？”“你就不能换个角度想想？”岂不知听了这话下属却暗忖：“我要是有那个能耐，还在你手下干什么！”

————

愉快的步伐就是这样，
轻盈飘荡又带着欣喜。

————

坐上火车后，我们变得不幸

我在德国生活了 13 年，而目前正在日本学习，所以在日常生活中不经意间对德国和日本的共同点产生了不少想法。首先，两国人民从总体上讲都很精准。根据我的经验，这两国人民都踏实到令人难以置信的程度。世界各地全都近乎盲目地信赖他们制造的产品究竟是为什么呢？

因为两国都是“火车之国”。也就是说，德国人和日本人因为火车的缘故才如此精准且踏实，当然这纯属我个人想法。坐过德国城际快车和日本新干线就会明白，那是世界顶级的水平，除此之外，各种列车几乎覆盖了全国各个地方，就算没有私家车也不会不方便。

火车最早是在英国制造成功的，然而，相较于英国的火车是工业革命的成果，欧洲大陆的运输革命却比工业革命领先一步，德国历史学家沃尔夫冈·希弗尔布施（Wolfgang Schivelbusch，1941—　）如是说。在工业革命开始得比较晚的德国和日本，火车是他们成为发达国家的必要条件，该条件的具体内容是时间——火车时间。

火车时间绝不可以违反，德日两国的钟表制造业之所以如此发达也正是因为这个原因（当然，瑞士的钟表更有名，但瑞士的火车时间应该与德国的情况类似）。随着以德日火车时间为媒介的近代踏实和精准的观念逐渐成为工业社会的普遍价值，情况开始朝着意想不到的方向发展。

火车时间的核心意识形态是“控制”，火车时间必须被严格遵守且可以预测，因为哪怕几秒的误差都可能造成重大事故。因此希腊著名女中音歌唱家安娜斯·巴尔莎和韩国歌唱家曹秀美总是悲伤地唱着：“火车在八点离开”。（但这首歌的致命缺陷是根本不知道是上午八点还是下午八点！）

讲究控制和预测的“火车时间意识”，将所有火车站时间都转移到必须精准对时的“标准时间”这个问题上来。然而标准始终属于强者的权利，比如英国的格林尼治时间是国际标准时间，又比如韩国采用东侧时区（即东京时区）的标准时间为全国统一时间。也就是说，火车站就等同于礼拜标准时间以及隐藏其后具有权威的大教堂一样。现代人不再赞美上帝，而是膜拜悬挂于火车站最高位置的时钟。

将火车时间内化于心，是德日近代教育的核心。就像需要精确到秒的瑞士火车站的时钟一样，每个人的生活都应自律而精准地加以控制。这种行为等于把福柯（Michel Foucault，1926—1984）所说的用来监视和惩罚的圆形监狱内化于心，并称其为“教养”。

现在，时间成为最有价值的东西，因为商品的价值不再取决于

火车很色

2013 | 150mm × 102mm | 水彩纸，油性笔，彩铅，水彩颜料

使用价值，而是由投入的时间计量的交换价值决定的。因此，世界上的火车站都连接着商场，日本的铁路公司干脆开起了百货商店。

时间一长，人类的意识就会面临前所未有的致命威胁，因为人们被驯化为到了固定的时间才能吃饭和睡觉的存在，而人类原本是困了就睡、饿了才吃的存在。现在的情况是，即使完全不困，到了时间也得睡觉，完全不饿到了时间也得进食。诸如肥胖、厌食症或失眠症，都是因为这些内在时间而产生的精神疾病。

火车时间的意识形态有个更大的问题是“对直线的强求”。自然状态下不存在欧几里得的几何直线，但为了跑得更快，铁路必须将各个车站放在一条最短的连接直线上，把堵住的地方打通，把断掉的地方连起来。韩国四大江问题，也跟这种直线强迫脱不了关系。

坐在沿直线飞驰的火车里人们望向窗外，可以看到无法区分前景和背景的全景风光，这种因为速度太快而无法聚焦的全景体验，又引起另一个心理学问题：究竟什么重要什么不重要？对这一问题人们开始陷入混乱。

如果把火车时间的矛盾转移到我们的社会，情况会变得更加严峻。由全世界最快的 LTE 以及由千兆字节速度引起的集体心理副作用，根本无法与火车时间的副作用相比，而更大的问题在于人们受阻就想冲破的“直线式思维”，不懂劳逸结合，更不懂灵活转弯。这是由世界历史上史无前例的压缩成长导致的新型变种病毒，至今尚无良药可以医治。

如今我们面临两个选择：是觉悟？还是慢慢反省？

对了，差点忘说了，精神分析学家弗洛伊德认为坐火车会让人变得淫乱，理由是火车“咣当咣当”的震动很容易引起性兴奋。而他的同事——德国精神病学家卡尔·亚伯拉罕（Karl Abraham，1877—1925）干脆直言不讳地声称“坐火车次日就会遗精”，因为火车一度就是一个巨大的“振动器”。

铁道之旅

德国历史学家沃尔夫冈·希弗尔布施于1978年出版的《铁道之旅》一书中，将焦点放在象征近代文明的铁路如何改变了人类的时空意识。铁路旅行的速度体验造成了时空上的差异。在坐马车旅行的时代，人类的时间意识和空间感之间的差距还不是很大；然而，随着火车旅行的开始，时间和空间便开始分离。在这短暂的时间里实现的空间移动，是当时的人类从未经历过的冲击性的体验。

飞驰的火车车窗外的风景，与走路或坐马车时看到的风景截然不同。乘客开始体验脱离现实感的持续的全景景观，透过四方形的窗户映入眼帘。

就像四角形胶片里的风景一样，透过火车车窗感受到的风景也是四四方方的。印象派画家们果断地在画作中省略了周围的景色，就像进入火车窗户的风景一样。在那之前，绘画都是必须以一切都完成的形态完美地绘制在画幅里。

日本设计师松田行正出版了一本书名叫《设计的视线》，书中提到铁路旅行的经验有助于抽象画的创作。飞驰而过的窗景使人们能够洞察到感官的瞬间体验，而通过列车体验到的速度也引起了人们对运动的兴趣。因速度而扭曲的画面与静止状态下的样子相差甚远，这引起了人类对感觉经验的怀疑。于是，画家们开始重新建构他们的记忆并将其置入画布上，抽象画至此初具雏形。

圆形监狱

圆形监狱这个概念由英国功利主义哲学家杰里米·边沁（Jeremy Bentham，1748—1832）提出，指的是由一个中央监视塔楼和四周环形的囚室组成的建筑物。这样的设计使得处在中央塔楼的监视者可以在隐藏自己的情况下观察到囚室里囚犯们的一举一动，是一种用最少的费用就能获得最大效果的理想式构造。

因为监视塔有百叶窗，囚犯不知是否被监视以及何时被监视，因此绝不敢轻举妄动。持续处在这种被监视的恐惧中，会使囚犯将这种监视内化，所以绝对不会做出违反规则的行动。法国哲学家米歇尔·福柯在其著作《规训与惩罚》中主张，“现代社会应将圆形监狱的结构扩展到医院、军队、学校等场所，有助人们将监视者的视线内化于心”。也就是说，纪律的习得意味着对权力的自发性屈服。

考生们进入考场考试时，监考老师通常都在考场后面，这时大家一般都理所当然地认为老师一定正在监视自己的一举一动，这种情况下又怎敢作弊？然而交卷时往后一看，却发现老师正木然地望着窗外。现代社会的所谓权力，就是如此荒诞无稽。

教养

教养（Bildung）是18世纪后期起源于德国的概念，是德语bilden（塑造、组织）的名词形式。bildung表示“形成、生成、模样”等含义，之后才派生出“教养”的意思。所谓教养是指“通过教育，将精神、肉体尚未成熟的个人培养成成熟的人”。

教养、文明以及发展应视为源自同一背景的词语。文明作为近代理念的核心，指的是在每个阶段都有更普遍、更高层次的水准；每个人都可以通过教育，将普遍价值内化于心而逐渐成为文明人。透过教化和教育使野蛮地区变得文明的殖民主义，也是由教养的概念出发。在发展野蛮文化的教养过程中，暴力被正当化……

随着心理学的发展，教养的具体内容扩大到自我实现或自我认定的意义。然而，弗洛伊德的精神分析学却认为，教养意味着欲望的压抑和控制。教养不可避免地导致内在冲突，并产生各式各样的心理扭曲，因为教养始于“暴力”。

————

学校前面有一家咖啡屋，
店主是一位爷爷，
每天都像树懒一样悠闲地煮咖啡，
我每次离开时他都会小声问我：

“わすれもの。”
意思是“有没有落下什么东西？”
当然，每次我都没落下什么东西。

后来的某年秋天，
有一天，我转身回望一对年轻情侣时忽然瞬间清醒过来。

我的的确确
遗落了
某些东西啊。

————

晚上对着镜子玩“剪刀石头布”

晚上对着镜子玩“剪刀石头布”，结果我输了！这故事多可怕呀，细思极恐！想想就起一身鸡皮疙瘩！自打听了这故事以后，我偶尔也在洗手间里对着镜子玩“剪刀石头布”，果真有一种非常微妙的刺激！

跟我要好的后辈成俊听了这个故事以后，就给我讲他当兵时经历的事。他说他提交转队申请后，老兵们非要他对着镜子玩“剪刀石头布”直到赢为止，所以现在只要一听这几个字就汗毛直立。

为什么这个游戏如此惊悚？理由很简单：因为人们坚信镜中人就是真实的自己。然而，镜中人绝对不是自己真实的模样。首先，镜中的我是将三维的我缩小到二维的结果。将立体压缩成平面无论如何都会产生扭曲。人的眼睛也一样，三维世界反映在视网膜的二维平面上，造成了各种错视现象。把镜中人当成真正的自己，就像纳西索斯爱上自己水中的倒影一样荒谬。

镜子的另一个问题是左右颠倒。根据曾名噪一时如今余温不减的“左右脑分工理论”，调节情绪表达的右脑会更多地干预左脸表情，所以左脸的情绪表达更加丰富。因此，仔细观察以前的肖像画，就会发现大部分画的都是主人公的左脸。最近年轻人自拍的最佳角度也是对准左脸。然而，对面的人真要看我们的脸，首先会从右脸开始看，因为我们习惯从左边看向右边。（这么说容易混淆，要稍微想一下。）

关于视线从左向右移动的理由众说纷纭，大多数人是右撇子这个主张最具说服力。书籍里的字也是从左往右排版是一个道理。但也有人解释说，不同文化圈的习惯不尽相同，是由大脑的左右分工引起的。无论如何，“我认识的我”和“别人认识的我”之间的矛盾，从解读最基本的面部表情开始就出现了分歧，而人类的悲剧就从这里开始。

“我都不知道我是谁，你们又怎么知道我是谁？”这一说法就是这么来的——这是认识论的问题，认识的主体怎么能同时成为认识的客体？如果把自我限定为单子般[①]的完整体，那就是一个怎么都解不开的矛盾。美国社会心理学家乔治·赫伯特·米德通过“自我”（I）以及“客我”（Me）的关系解释这一严重的悖论，意思就是说，“自我”不是单一的，而是两种“我”（I 和 Me）的结合体。他主张实体的“我”是由客我（将社会投注于我的视线内化后的我）和主

① 指单纯的、各自分开的、不能化约的“单位”。——译者注

自画像——怀疑和嫉妒

2013 | 910mm × 727mm | 画纸，水干颜料，岩绘具

我（行动主体的我）的交互作用形成的。

德国格式塔心理学家沃尔夫冈·柯勒（Wolfgang Köhler，1887—1967）的研究显示，群居长大的黑猩猩能够认出镜子中的自己；相反，独自长大的黑猩猩认不出镜子中的自己。换言之，有客我，主我才能成立。即，如果只有自我（I）一项，认知能力方面就会产生致命缺陷。

苏联文化心理学家维果茨基在此基础上更进一步主张：自我是将社会互动内化的结果。人类所有的高级心智历程都率先出现在互动中，而后内化成个体自我的特征。因此，作为一种根据情境和背景以各种方式构成的文化产物的自我只能是"分裂的自我"。除此之外，"思想"可以解释为不同分裂自我之间的"对话"，这与苏联文学理论家巴赫金的对话理论是相同的脉络。

认为自我只有一个、必须始终如一的想法犹如"心理学的基要主义"，根本无法解释根据文化背景而变化的自我的构成特征。问题在于心理学的基要主义比宗教的基要主义更危险，因为心理学的基要主义否定了关于自己和他人自我分裂的解释脉络。

无法沟通的心理学基要主义，必将导致人们对于自己不能理解的一切施加暴力和压迫，这是所有意识形态的两个极端所表现出来的共通特征。

理解他人伴随着对他人的文化、社会、心理背景的理解。耶稣、佛陀、孔子无一例外，如果抛却他们生活的时代背景，那么他们无非只是种族主义者或大男子主义者罢了。

所以我奉劝各位，对于他人出乎意料的举止，不要随意评判是非，更不要不分青红皂白一窝蜂地扑过去问罪。理解他人分裂的自我所属的诠释学脉络，是沟通的起点，而且只有这种方式的沟通才是对自己那个分裂的自我的省察依据。无论在什么情况下都应该保留解释学的空间，这样我们赖以生存的社会才能成为值得我们好好活下去的社会。

总之，只要承认“我”并非单一的，就不会再害怕对着镜子玩剪刀石头布这个游戏了。

左右脑分工理论

这个理论认为人类的大脑可以分为左脑和右脑，各自有其独立的功能。19 世纪中叶，欧洲医学界报告了左脑损伤患者的病情，表示左脑受伤的患者说不出话，且读写能力很弱。此后，科学家对各种临床病例综合分析后得出结论：左脑负责语言活动，右脑负责非语言、视觉、空间活动。至此，左右脑分工理论逐渐被世人公认。

与临床结果较明显的左脑功能相比，右脑的功能直到现在为止都尚不明确（只是在测试空间认知有关的实验中，以及割断胼胝体的患者身上得到确认）。如今，专家们普遍认为左右脑的功能并不固定，而是相辅相成，协同作用。

有研究表明，在记忆音乐旋律时，人的右脑会更加活跃，与原本的假设相符，但音乐专业人士的情况是左脑的活动更加活跃。这是因为专业人士关注旋律的组成，运用与左脑相关的问题解决方式。

就像这样，不能总是只用右脑的领域解释艺术活动。

连接左右脑的横行神经纤维束称为胼胝体，女性的骈胝体比男性的大 10% 并且发育得更好。由于男性的脑比女性的大，所以在骈胝体方面男女差异很大。这是什么意思呢？这代表了女性左右脑的合作更协调。日常生活中追求简单明了和逻辑性结论的男性主要使用左脑，但女性却平均地使用左右脑，这意味着面对同样的问题，女性的理性和感性两方面都在发挥作用。

当大脑受损的时候，问题就来了。当特定区域的大脑受损时，对习惯使用各个区域的女性造成的冲击会比男性小。多任务处理也更有利于女性，所以养育孩子的母亲可以同时做那么多事情。男性就算死而复生，都比不过孩子妈妈的多任务处理能力。

沃尔夫冈 · 柯勒

沃尔夫冈 · 柯勒（Wolfgang Köhler，1887—1967）与马科斯 · 韦特墨（Max Wertheimer，1880—1943）、库尔特 · 考夫卡（Kurt Koffka，1886—1941）一起被认为是格式塔心理学的先驱。柯勒的博士论文还引发了他与心理学创始人威廉 · 冯特（Wilhelm Wundt，1832—1920）之间的激烈争论。

提及人类的思考过程，柯勒的“黑猩猩实验”非常有名。该实验将香蕉挂在黑猩猩徒手碰不到的地方，观察它如何去吃到香蕉。过程中，黑猩猩多次跳跃试图获取香蕉，失败以后便不再尝试，开始观察四周；最后它悟出可以用桶子和竹竿获取香蕉，于是他站在桶子上用竹竿把香蕉打下来。柯勒将这个过程称为“顿悟体验”，由此提出顿悟说，即解决问题不是试错的渐进过程，而是突然发生顿悟的结果。

柯勒通过“顿悟说”，对当时唯一的“试错学习理论”提出了关键性的反驳。与通过反复试错逐渐接近正确解决方案的“试错说”不同，“顿悟说”认为问题的解决方案是突如其来的、一瞬间的，就像阿基米德（Archimedes，BC 287—BC 212）看到溢出来的洗澡水忽然发现浮力原理并大喊“Eureka！”（我找到了！）一样。

————

————

画就是为了挂在墙上才画的，
不能挂在墙上的画还是别画好了。
爱情也是一个道理。

————

意义是如何产生的？

我的朋友圭贤终于闯了一个大祸：有一天他突然收购了别人经营失败的露营场，还乐不可支地跟我说每月只要交给土地主人一点租金就可以了。而且因为营地只在周末接待客人，平日几乎没什么生意，所以这几天他可以随心所欲做自己想做的事，岂不是神仙日子？说这话时圭贤眉飞色舞激动得唾沫横飞，至于生意赚不赚钱他一点都不关心。

他说白天可以拍拍树、飞鸟和天空，晚上点燃篝火听听音乐，在树林里那样生活很美好，幸福得不得了。然而……美好个大头！我去一看，瞬间明白为什么月租那么便宜了！周围环境脏乱不堪，简直不忍直视。圭贤这家伙最根本的问题就是搞不懂“糟糕”和“美好”二者的差别。露营场环境杂乱无章，主人的行为举止也一塌糊涂，不用说，这生意保准又干不长远。

露营场的想法本来是我提出来的。几年前我出版《我后悔和我老婆结婚》时，就公开表示要是书卖得好我就买一辆露营车。我在书的后记中这样写道：“我的梦想是 50 岁以后每周抽出两三天时间，开着露营车到大自然中去，把车停在风景优美的地方，用滴漏式咖啡壶亲手煮咖啡，一边听音乐一边看书和写作。”

后来书倒是卖了不少，但买露营车的愿望却未能实现。因为我老婆说既然起了这么一个失礼的书名，那么卖书所得的版税自然要全部充公上缴归她随意支配。就这样，在我的露营车梦想破灭之际，圭贤却一不做二不休地开起露营场了。

不仅仅我和圭贤如此，最近这几年，中年男子之间突然兴起露营热潮，不分国界。对于退休后无事可做只能拼命爬山的中年男人而言，野营是再好不过的选择。首先，野营装备很酷，登山装备最多也只有衣服、鞋和背包而已，但野营装备就不一样了，需要准备的装备种类之多可不是闹着玩的，所有装备从准备、装车，到在露营场上设置完毕，整个过程简直帅得不得了。

男人们生火、准备食物。原本觉得麻烦又不方便、犹豫要不要跟来的妻子，此时望着埋头苦干的男人的背影，眼神中渐渐浮现出感动，而男人心中也充满了被遗忘很久的“雄性威风”。

然而，就像男人的欲望无非也就那么回事一样，露营装备大多也都是虚张声势。老婆去了一次就再也不想跟了，实在想不通为什么放着好好的房子不住非跑去外边遭那个罪呢。没错，所以大家才想弄明白为什么要去露营？为什么露营会成为走投无路的中年男人生活的希望？

经过几个月的细心观察我终于找到了答案！男人们热衷于露营

就是为了生火。男人烧烤和做饭不是为了吃，而是因为可以生火。中年男人聚柴点火的理由，其实是为了找回被遗忘的生活的意义，而这份意义就是在生火的时候产生。

意义赋予是人本主义心理学或现象学心理学的核心主题。人本主义心理学的出发点在于对行为主义心理学（以对刺激的反应来解释人类）和实验心理学（仿效自然科学方法）的怀疑，因为适合用自然科学的方法论来解释的是动物领域，而不是人类领域。

人类不断赋予与周围物体的关系意义，使存在的目的正当化。当目的不合理时，就会发生无助或抑郁的情况。奥地利著名的精神分析学维克多·埃米尔·弗兰克尔（Viktor Emil Frankl M.D.，1905—1997）即使身处奥斯维辛集中营也不曾放弃生活的希望，他倡导的意义疗法是一种在治疗策略上着重于引导就诊者寻找和发现生命意义的方式。那么，关于意义赋予的人类学起源该如何解释呢？

日本社会哲学家今村仁司（1942—2007）将生火行为解释为将意义结构化的“仪式的实践”。他在《礼仪的存在论》一书中，从原始人的生火行为里找到了意义赋予的起源。狩猎采集社会的原始人类通过生火行为维持共同体，因为共同体的所有问题都是围着篝火坐在一起讨论完成的。

那些无法理解和说明的自然现象，大家围坐在篝火旁彻夜长谈，同时还讨论如何处理见不得别人好的人类天生的嫉妒心，以便将共同体好好维持下去。人类最伟大的发明——意义赋予就这样开始，这也是所有宗教仪式都包含点火这一行为的原因所在。

只有围坐在一起意义才能被赋予。中年男人在露营场生火的原

你“炽热的夜晚”是我“燃烧的夜晚”

2015 | 275mm × 220mm | 画纸，水干颜料，岩绘具

因，就是想围坐在一起共享意义，因为大家都想知道退休后再活 30 多年的意义。这种围坐篝火旁的仪式性实践不仅适用于中年男人，同样也是当今彼此划清界限、互助对峙的韩国社会迫切需要的。没有篝火的时候，哪怕是点着香烟也要围坐在一起。

对峙是无法说服对方的，只会让双方像两条平行线。也许平行线看似会在消失点的尽头交会，然而那只是幻想，因为到了终点，还会有其他的平行线继续延续到另一个消失点。

对峙是绝对不能创造共同体的意义，只有围坐火堆旁才行。只是，因为对气氛不满意就干脆踢几脚柴火打道回府，可万万使不得。

弗兰克尔的意义疗法

意义疗法是由奥地利著名的精神分析学家维克多·埃米尔·弗兰克尔倡导的。身为犹太人的他根据自己在奥斯维辛集中营两年半的亲身经历，撰写了成名作《活出生命的意义》。据他所言，虽然他的父母、妻子、兄弟姐妹都在大屠杀期间相继遇难，但他却幸存下来，因为他从来没有放弃过生的希望。

这本书的核心是无论人处于哪种极端状况，维护自身尊严的自由都在于自己。选择希望还是绝望，完全是作为主体的个人的问题。维克多·弗兰克尔将此发展成为名为意义疗法的精神治疗方法，阐述了为寻找生命的意义，个人应该以积极的态度生活的方法。

意义与仪式

在人类行为的心理学解释中，“意义”和“兴趣”是最重要的层次。如果说“兴趣”主要从个人动机的角度进行说明，那么“意义”就涉及个别行为所具有的社会认可的层面。从心理学角度对“兴趣”进行说明的形式有很多，但对“意义”形成的过程的说明并不多见，我个人认为往后10年里我想要探讨的主题就是“意义的文化形成过程”。

仪式是形成意义时最重要的背景，它跟习惯一样反反复复，但与无意识重复的习惯所不同的是，仪式常常伴随着情绪的反应。人一旦发生情绪变化，无论如何都要将这种情绪变化正当化。而就是在这种正当化过程中，构成了“意义”。构成意义的仪式中，最具代表性的例子就是宗教仪式。那些虔诚的信徒在做礼拜时，内心会经历强烈的情绪变化。将这种情绪正当化的过程中，诸如“神的旨意”“佛祖的慈悲”等意义赋予就成为可能。

意义赋予不只发生在宗教活动中，微不足道的小事在反复过程中，如果伴随着情绪的变化也能产生意义。越是幸福的人拥有的小确幸越多，就算是欣赏音乐、看书、爬山这样的小事，倘若产生情绪上的变化，同时又伴随着认知的正当化，也会成为非常不错的仪式。反之，没有任何情感方面的体验，就不会被赋予生命的意义。

把石粉、胡粉倒进溶化的胶里，
搅拌均匀制作日本画颜料，
这个过程好玩极了。

真像儿时玩的“和泥巴”呀。

这样抚摸颜料的感觉真好！

冲水坐便器、手纸和鼠标

全都怪“老鼠”！当然我说的不是真老鼠，而是电脑鼠标。韩国社会之所以如此难以沟通，就是因为这玩意儿。人类意识的进化过程分为使用鼠标前和使用鼠标后，当然这纯粹是我的一己之见。

“存在决定意识”，马克思的这一主张实际上忽略了很多信息，因为它缺乏关于决定过程的相关说明，后来维果茨基和亚历山大·鲁利亚等苏联杰出的心理学家解释了由语言文化符号系统为媒介的意识形成过程。他们的符号媒介论远远超越了马克思的经济决定论框架，因此他们的理论很快被屏除了，此后苏联再也没有涌现过为人熟知的心理学家。即使是引领当今心理学全盛时代的化约论式的美国心理学，也不能说比 1930 年代的他们更出色。现代心理学的计量主义既浅薄又危险。

解释人类意识变化的强大理论出现得令人意外，即马歇尔·麦克卢汉（Marshall Mcluhan，1911—1980）提出的与现存任何学问领域都毫不沾边的“媒介理论”。主张媒体决定意识的媒介理论认为，看电视的人的思想和只收听广播的人的想法是不一样的。麦克卢汉的媒体决定论比马克思的经济决定论更准确。

现在再回到鼠标这个话题上来。习惯用 A4 纸的人和习惯用鼠标的人的想法（A4 型思维——鼠标式思维）从根本上就不一样。活字印刷术发明以后，经过数百年形成的 A4 式思维是线性思维，也就是说 A4 纸上充满了演绎和归纳的直线式逻辑思维。这种线性思维绝不能脱离 A4 纸，除了写论文的时候，因为论文可使用脚注和尾注，随时出入 A4 纸的范围。大学的硕士和博士学位要支付如此昂贵的学费，就是为了获得随意使用脚注和尾注的权利。

人类思维的本质是“天马行空”，发呆时思绪会四处飘荡。A4 型思维压制了人类思维的创造性本质，只有天才才能摆脱这种压迫，普通人的想法只能在桌边打转儿。天才的想法飞得再远照样可以收回来，当然也有人放飞思绪后干脆不回来了，这种人被称为“疯子”。

电脑鼠标颠覆了整个 A4 型思维框架，（触碰应被视为给鼠标裹上一层“皮肤”），点击鼠标，思绪立即飞出 A4 纸之外。这是非逻辑性、非线性的，原本只有部分天才能做到的“天马行空”，现在普通人也可以做到。

鼠标式思维的关键特征是多任务处理，每次点击都会跳过文本转移至完全不同的媒体，比如说查阅邮件的同时还可以看新闻、听音乐，途中还可以回复推特留言等。一直以来被视为精神病理学障碍的注意力分散以及注意力不集中，如今反倒成为普遍的思维模式。

有了“摆有书籍的桌面”这个前提，A4 型思维得以实现，但鼠标式思维不需要桌面，甚或桌面可以同时有 3 个或 4 个。实际上，计算机操作系统的开发人员就是希望摆脱“桌面”隐喻所造成的想象力匮乏，甚至希望干脆将桌面这一用语去掉。

从初中开始使用 windows，一直到三十好几都是鼠标式思维的那代人，与一直是 A4 型思维的一代完全不同。这不是单纯地使用工具之间的差异，媒体不同思维的内容就不同，最终的存在样态也不一样。批评鼠标型思维很轻浮实在是愚蠢至极，这跟侮辱别人“你怎么长成这样？”有何区别？世上最无耻的事情，就是拿别人的相貌说事儿。

韩国社会缺乏沟通，源于 A4 式思维与鼠标式思维之间的差异。本质问题不是政治定位，而是披着政治矛盾的外衣、完全无法交流的“思维方式的差异”以及“存在形态的矛盾”才是，这几乎接近文明冲突的地步。如此巧妙掩盖的矛盾，将持续到鼠标式思维成为主流的那一天，当然时间是站在这一边的。

但是这并不意味着不再需要 A4 式思维。就好比有了冲水坐便器手纸也并没有因此消失。相反，手纸得更高档才行，才不会因为用了劣质的手纸而黏得乱七八糟，尤其是夏天更容易磨破敏感部位。在冲水坐便器和手纸的矛盾关系中，手纸的生存之路就是变得更加高级。因此我想说的是，今后还是一起提升到更高端的 A4 式思维吧。

有冲水坐便器照样也得有手纸

2013 | 150mm × 100mm | 水彩纸，油性笔，彩铅，水彩颜料

媒体论（媒体决定论）

加拿大媒体理论家兼文化评论家马歇尔·麦克卢汉在1964年出版了《认识媒体》一书，在该书中麦克卢汉以全新的视角阐述了媒体的概念，提出了“媒体即讯息”“媒体是人的延伸”；“传播讯息的媒体，比讯息本身更重要”等具有突破性的观点和理论。

根据麦克卢汉的观点，媒体的影响力取决于媒体本身的解析度，即解释的空间，以及用户的感性参与等因素。媒体不同则信息不同，用户认知世界的方式也会发生变化。根据媒体提供信息的清晰度及用户想象力的发挥程度及信息接收活动中的参与程度，麦克卢汉将媒体划分为热媒体与冷媒体。热媒体指传递的信息比较清晰明确，接受者不需要动员更多的感官和联想活动就能理解的，比如报纸、杂志、广播等都属于热媒体。而冷媒体是指传达的信息量少而模糊，在理解时需要动员多种感官的配合和丰富的想象力。麦克卢汉认为电视、电话、漫画等都属于冷媒介。此外，近年来兴起的含有字幕的综艺节目则是既不属于热媒体也不属于冷媒体的一种新形式。

超文本

超文本一词，即Hyper（超级，过度的）和text（文本）的合成词，是尼尔森（Theodore Nelson，1937—　）在1960年代提出来的一个与计算机及网络有关的术语。普通文件或文本与用户的想法无关，依照顺序提供特定资讯；但超文本是根据用户联想的顺序，提供使用者欲获取的资讯。换言之，只要点击个人感到好奇的内容，就能顺利跳转到相应页面并获得资讯。

超文本是指摆脱了传统文本线性、固定、有限性制约的新型文本，将人类思维最基本的特征——联想，以技术手段最忠实地再现出来。人类思维基本是通过视觉信息的联想作用形成的，只有在遇到困难时才会调动与文本的线性结构类似的逻辑。超文本把现有文本无法解释的人类思维的特性，利用具有超链接和交互性特性的计算机来实现。

另外，随着电子书的问世，不少人担心纸质书的未来。然而，纸质书并不会消失，这是因为人们常常喜欢在重要的东西上“抹口水”，比如纸币、所爱的人等等。为什么纸质书比电子书更好？也是因为可以往上面抹口水。

————

（图中文字）
日语学习
相关
翻译等……

————

读竖版日文书，
貌似人也变得和蔼了许多。

因为得边看边点头呀。

活到现在，
我好像已经习惯了摇头。

所以，还真是累啊。

————

人間はなぜ遊ぶか
椅子と身体
20世紀の椅子たち
感覚の近代
肉体の文化史
中心の力
人間と空間
トイレの本

错把玛姬当鲶鱼

直到 20 多岁，我还错把玛姬当成鲶鱼[1]。

我说的是那首韩文歌《玛姬的回忆》，歌里这样唱道："很久以前在金草地东山，和玛姬一起玩耍的地方……"小时候我真是好喜欢这首歌。对我来说，我的"金草地东山"就是大田空军技术教育团后方村里的一座墓地，我在那里度过了美好的童年时光。阳光灿烂的日子，我躺在一座无名的坟墓上反反复复地哼唱"鲶鱼啊鲶鱼"……就那样望着天空发呆，直到夕阳西下才踏上归家的路。妈妈每次都心烦地对我说："你花样还真多！"

在金草地东山怎么和鲶鱼一起玩呢？其实我一直都觉得歌词好

① 鲶鱼的韩文发音与英文 Maggie 非常近似，所以此处作者说错把 Maggie 当成鲶鱼。——译者注

奇怪。不过我当时心想："莫非山里头有一条可以让鲶鱼尽情嬉戏的小溪？"那时候我完全没料想到那其实是女孩的名字"玛姬"。不过话说回来，如果歌词里写的是女孩玛姬，那这首歌就更不寻常了！因为那代表日日夜夜在"东山树林茂密之地，听着水车声"，和女孩玛姬一起玩耍，听起来根本不是给小孩唱的歌。

总之不管东方还是西方，水车磨坊似乎都是一个很惬意的地方。比如舒伯特著名的声乐套曲《美丽的磨坊女》，看来那位少女会在磨坊也是有原因的。总之，在弄清楚歌词是玛姬以后，我再也不唱那首暧昧的《玛姬的回忆》了。

与金草地东山的氛围完全不同的京都岚山，今年夏天一直都是"暴风山丘"。前几秒好像还热得喘不过气来，但只要下一场雨，江河瞬间就会满溢。好在，夏天已经过去一大半，现在非常凉快。山脚下天一黑就冷冷清清，每当那时我就不由自主地哼起"太阳落山天黑了，没有人来呦……"。只是我唱这首歌到最后总会哽咽，所以我从来没有一次唱完整过。

"我的朋友啊如今身在何处，我独坐于此任思绪纷飞，眼泪横流"，每次唱到这里我就感到强烈的共鸣，泣不成声。唉，最近我的花样还是这么多！

问题是一旦陷入这种孤独忧郁的情绪里就很难自拔，尤其我这个年龄更是如此。与自己很难控制的健康、工作、人际关系等有关的悲观想法接踵而来，如此下去得抑郁症也只是一瞬间的事。这种时候该怎么办？答案是散步。

散步是对抗抑郁最有力的武器，走着走着注意力就分散了，脑

瓦尔特·本雅明

2014 | 652mm × 910mm | 画纸，水干颜料，岩绘具

安迪·沃霍尔式的瓦尔特·本雅明的演变

2014 | iPhone | 照片修改

海中就会冒出与忧郁完全无关的想法。散步时身体的律动也会诱发愉快的情绪，这就跟开心了就会摇摆身体，摇摆身体就会更开心是一个道理。法国哲学家亨利·列菲弗尔（Henry Lefebvre，1901—1991）绕了一大圈最后提出了“节奏分析”理论。根据列菲弗尔的说法，身体的节奏是由社会文化构成的，散步是一种高度的文化行为。

德国哲学家瓦尔特·本雅明最早将步行视为文化行为，他把穿梭在城市各个角落的人称为“城市漫游者”。当然，在东西方的经典文学中，散步一直与哲学思想联系在一起。问题在于在哪里散步。德国人经常到山里散步，就是所谓的“健行”。

犹太人本雅明为了躲避德国纳粹而逃亡到法国巴黎，在那里发现了一个与德式健行完全不同层次的漫游。漫游，不是单纯的走路，而是在城市各个角落闲逛、观察。作为近代建造出来的新生活空间，城市充满了各种刺激，这与人类过去所经历的视觉刺激完全不同。本雅明把漫无目的在工业化大城市中游走，并凝视和反省城市奇观的观察者称为“城市漫游者”。（巴黎被纳粹占领后，本雅明为躲避纳粹，越过西班牙国境的比利牛斯山脉，在越境途中服毒自杀。）

晚上到处闲逛也是从巴黎的城市漫游者开始的，建筑物之间的拱廊在夜间灯火通明。巴黎的橱窗今天仍然绚丽夺目，这是对为了逃避夜晚袭来的致命忧郁而走向街头的城市漫游者的资本主义关怀。

巴黎之所以能成为“漫游者天堂”，是因为到处都有宽阔的林荫大道。希望得到全世界瞩目的法国国王们，用透视法装饰视线所及的每一个角落。他们在沿街栽上林荫树，强调透视法的深度，林荫树外面还专为步行者开辟了走的路。

虽然法国的绝对王朝没有持续太久，但他们打造的道路如今依然存在。沿街开了不少露天咖啡馆，客人坐在林荫大道上边喝咖啡边欣赏风景。因此，林荫路上散步的人看着咖啡馆里的客人，咖啡馆里的客人也看着散步的人。

只有可以在城市里尽情散步、观赏的国家，才算得上是发达国家。美国跟欧洲其他国家相比，在文化上略逊一筹的理由就是只顾拼命往前冲。日本的后巷如此干净美丽，是因为路边不让停车，买车首先得证明有停车的地方。日本人早晚都往巷子里的石板路浇水，非常注重整洁，真让人羡慕。

首尔的路，则不论白天黑夜都是停车场。日复一日在拥挤的车流中艰难行驶，长此以往让人很忧郁，而不想忧郁就只好选择愤怒和敌意。也是，我们早就从某一刻开始认为睡在公园、吃在花园是很自然的事了，那么在步行街上停车又算得了什么呢？

节奏分析

我最近比较关心韵律、动作这些东西，觉得很有意思，所以也对爵士乐产生了兴趣。我认为爵士乐的关键在于切分音，这是一种似乎违背了韵律的演奏技巧，使听者时刻处在一种紧张感之中。

像李银河那样的老牌歌手是不会把成名曲按照原有节奏一五一十唱出来的，唱着唱着总是要么快一拍要么慢一拍，因为唱太多次已经唱腻了。失去紧张感的中年生活尤其需要爵士乐，理由也大抵如此。就像痛快地撒了一泡尿之后那种畅快淋漓的感觉，通过爵士乐完全可以切身体验到那种幸福的紧绷和舒缓。人老了会常常漏尿，就是因为生活缺少了这股紧张感。

法国哲学家、社会学家亨利·列菲弗尔一生都在为现实社会主义问题而苦恼，然而到了晚年却对一切失去了兴趣，没来由地写了《韵律分析》这本书。

韵律是生命最本质的部分，我们的生命大多都是由韵律和速度决定的。在与他人的对话中，韵律是非常重要的沟通方式，如何判断对方是否认真聆听并理解了我说的话，答案就在面部表情和肢体动作里。这是个非常细微的，所有的判断都是通过这细微的观察实现的。此时只有和说话人的韵律保持一致，才能更好地沟通。中年大叔之所以让人不快，就是因为对话的韵律不对。

列菲弗尔认为韵律的功能在互动中非常重要，他主张社会生活就是“我的韵律”和“他人的韵律”之间的竞争或协调。他还从更广泛的角度解释了韵律，提出地中海沿岸地区的城市根据山坡高度各有不同的韵律——高地带的“建筑物时间”和低地带的“城市时间”所具有的韵律不一样，而这种韵律的差异可以通过阶梯来消除。

瓦尔特·本雅明

我在德国柏林留学时，夜间保安是在韩国留学生中最受欢迎的兼职。只要周末熬两个通宵，就能赚到足够生活一周的钱。当时德国大学是免学费的，只要一整晚坐在警卫室里看书，生活费就赚到手了。

假日里的时薪上涨一半。我在找到大学研究员这份工作以前，5年多时间里，每个周末的夜晚都是在柏林郊区的工厂、家具店、难民收容所的警卫室里熬夜度过的。其实我家里条件并不差，但摆脱父亲的庇荫是我远赴德国留学的首要目的，所以我无论如何都想在经济上独立。儿子都是这个样子的。

最初让柏林夜间保安这份兼职声名远扬的人，他的名字如传说般在留学生间流传开来，他叫崔成万。所有人都发自内心地感激他，因为他塑造了韩国留学生认真踏实的形象，才使得很多后辈能找到兼职的机会。

遗憾的是德国统一后，韩国留学生的兼职工作落入了原东德国境守卫队的人手里。身高180—190厘米，高大魁梧、身手敏捷的东德士兵为了维持生计应聘为西德的夜间保安，从德国公司的立场上看，他们肯定比不知根知底、瘦弱的东方留学生更值得信赖。

留德时我从没见过崔成万，待我学成归国，才得知他已是梨花大学的德文系教授。崔成万是研究本雅明的专家，本雅明大部分著作都是经他手翻译成韩文的。就像在柏林担任夜间保安一样，崔教授也一直孜孜不倦地出版了许多关于本雅明的论文和著作。

瓦尔特·本雅明是非常“编辑学”的，他以德式思维系统地整理了大量资料。由于他悲剧性的死亡，很多资料都遗失了，然而哪怕只是仅存的资料，也够当今不计其数的本雅明专家混饭吃了。

很难将瓦尔特·本雅明定义为某一领域的知识分子，从这个意义上说，他应被视为21世纪的先驱知识分子而不是20世纪的学者。他分类资料的方法，是创意编辑学的一种典型。不仅如此，其散文流露出的情感上的温暖，使人每次都忍不住停止阅读遥望远方。他的《单行道》《思想肖像》《柏林童年》等散文集涵盖的内容更是令人不忍掩卷。他是真正意义上的文化心理学家。

————

————

具有天才特质的人常常有些许自闭倾向，
《那本书》的出版社总编郑相俊就是这样的人。
他来京都游玩时曾对我说过：

“想优雅地老去，就听爵士乐吧！”

于是我特意买来爵士乐评论家黄德镐的书来读，
这位仁兄虽然身材一般，
胡子却非常可爱。

爵士乐的生命，
是“即兴”。

即兴才能带来愉悦和乐趣，
如果凡事都可预想那多没劲呀。

————

————

在京都市政厅后面，
有一家爵士LP专卖店名叫“Hard-Bop”（ハード·バップ），
专卖各种珍藏版爵士乐唱片。

我最早买的是切特·贝克（Chet Baker）的唱片，
理由非常简单：
他的声音听起来很像韩国老牌歌手崔百浩。

————

USED
NEW

CHET BAKER Chet Baker Sings
CHET BAKER SINGS
PACIFIC J

活到老学到老

截至昨天为止，我的毕业作品在京都美术馆展出了一个礼拜。因为是学两年就把画挂出来的毕业展示会，所以观者寥寥，基本都是学生的家人，我的客人只有南首尔大学的李润贤教授一个人。这还是因为南首尔大学与关西地区的大学结成学分交流项目，他才刚好路过京都。

谢顶严重的李教授没送我花束，而是送了一个印有学校标志的螺钿笔筒。真是的，银行、大学、公共机关的纪念品怎么清一色都是螺钿笔筒、螺钿名片盒呢？拜托能不能做得用心点，多一些花样啊！但话又说回来，李教授可是日后唯一可以证明我参展的人，他能来我已经足够开心和感激了。

想不到，当初因冲动而开始的日本生活能持续这么长时间。我跟一大帮比我儿子还小的同学每天窝在教室里画画，两年美好的校园生活转瞬即逝。回想学画的过程中，每领悟到一个小技巧都感到无比幸福，后面那幅画从照片上看好像没什么大不了，但实际上的肌理技法（通过厚涂颜料展现立体粗糙质感的技法）是非常厉害的。（嗯，当然这纯属我个人感觉。但就艺术而言，自己的感觉才是最真实的，至于别人的判断就以后再说吧！）

要先涂上用贝壳粉、石粉等材料制成的颜料，再用砂纸打磨五六次才能创造出壁画的效果，这其中最重要的一环就是调好石粉的粗细。记得我第一次做这种尝试时，怎么都找不到壁画那种感觉，当时心里非常焦虑。就那样过了好几个月，指导教授什么都不说，只是远远地观察我，看着我反复试错。直到几个月后的某一天，教授拿不一样粗细的石粉轻轻涂在我的画上。那一刻我激动得热泪盈眶！就是那种质感啊，终于找到我要模仿的壁画感了！

决定学画是我人生中最明智的决定。自主的人生，只有在学习真正热爱的领域时才有可能实现。“成为自己人生的主人！”那么多励志类的书虽然都有如此一致的说法，却没有几本书提出具体的方法论。所谓自主的生活，绝不只是握紧拳头、表表决心就能实现的。

只要放弃工薪生活就能摇身一变成为生活的主人，这种认知真是大错特错。而把终其一生都找不到要去追求的学习目标化约为金钱问题，给追名逐利的生活披上正当的外衣也并非君子所为。直到生命最后一刻也不愿放弃——一生之中只有拥有这样的对象和目标，才是不后悔的实现自我的人生。那些我们年轻时“为赚别人的钱而读的书”，并不是真正的学习。

人生的自我实现是通过学习得以成全的，因为学习才是最完善的养老对策。比韩国提前一步进入老龄化社会的日本和其他西欧国家，在经历无数次试行错误后推出的老龄化社会的对策就是学习！“终身学习”的概念正源自老龄化社会这个大背景。因此，最近几年西欧的老人村都尽可能建在大学的教育设施附近，这正是为了提供与教育机关互相连接的终生学习项目。

我打算在日本再待一年，学美术的同时再写几本书。几个月前我以“金正云的李御宁研究计划”这个名义开始和李御宁先生一起写书。说是“合著”，其实自始至终都是我向李御宁先生学习的过程，我真的好想知道李先生无边无际天马行空的思想是如何实现的。另外我还将继续学习日语。去年我翻译了一本很有趣的日文书《美与造型的心理学》，而这次我打算挑战翻译一本难度更高的书。

那是一本关于“嫉妒”的文化人类学书籍，书中阐述了人类文化并不是“为承认而斗争”，而是为嫉妒而斗争的结果。这是自勒内·基拉尔（Rene Girard，1923—2015）的替罪羊理论以后关于嫉妒的最卓越的理论。另外，包括我从几年前开始着手的德国包豪斯的相关书籍，这些都是我直到70岁以前要全身心投入研究的主题。

总之无论如何，当我垂垂老矣那天，我的心愿就是带着英文、德文、日文、韩文书坐飞机，而且专门坐在年轻美貌的女人身旁，依次读英文、德文、日文和韩文书，而且读德语书时要偶尔发出“ke，he，te”的声音，因为很多人分不清英文和德文。

如果此时我觉察到旁边的女人偷瞄我，我会立即给她一个优雅的微笑。假如这时因为女人笑意盈盈便迫不及待和她搭讪，那未免太老土了。因此我会装作漠不关心的样子，迅速收回目光，换日文书来看。但要是旁边的女人既不年轻也不漂亮那可就糟了，说不定

刻在墙上的训民正音[1]

2015 | 420mm × 595 mm | 画纸，水干颜料，岩绘具

① 是朝鲜第 4 代国王世宗大王李祹与其子第 5 代国王文宗大王李珦主导创制的朝鲜语文字，又称谚文，今多称韩文、朝鲜文等。——编者注

我会立马下飞机换另一个航班。啊！老天保佑千万不要发生那种事。

总之，当我老了，我就拎着英文、德文、日文、韩文书坐飞机，我才不要吃什么花生之类的零食呢，我只要优雅帅气地读书！

替罪羊理论

2015年11月4日，勒内·基拉尔去世，他是法国当代著名的哲学家，主要活跃于美国。与一般法国哲学家完全不同的是，勒内·基拉尔的理论简洁明快。

数不清的知识分子不厌其烦地提起雅克·拉康（Jacques Lacan，1901—1981）、罗兰·巴特（Roland Barthes，1915—1980）、雅克·德里达（Jacques Derrida，1930—2004）这些理论晦涩难懂的法国哲学家的名字，却很少提及勒内·基拉尔。愤怒和敌意犹如微尘一般遍及韩国社会的每个角落，而勒内·基拉尔恰恰提出了解释愤怒和敌意的最卓越的理论。可以说，韩国知识分子阶层存在一种怪异的装腔作势之风，假如某种现象能简单明了地被解释清楚，就显得很没有档次，所以这些知识分子并不引用勒内·基拉尔的理论。

基拉尔理论的核心是“欲望的模仿”，他认为我们坚持不懈地追求、渴望的东西，只不过是想要模仿他人的欲望罢了。人类的欲望永远无法得到满足，因为他人的欲望是无限的。求之不得的欲望机制不断引发社会矛盾，而该矛盾则通过寻找替罪羊并集体施暴的方式加以解决。文明的起源，就是类似的“替罪羊仪式”。

因为对异己事物的恐惧，以及事与愿违时产生的嫉妒心，于是擦亮眼睛去寻找敌人，这不正是韩国社会的现状吗。对凭空臆想出来的敌人进行集体霸凌，并将自己合理化为正义和善良的存在。

弗洛伊德之所以伟大，是因为他道破了所有人都想隐藏的性欲。勒内·基拉尔也理应被视为弗洛伊德同一级别，因为嫉妒、模仿欲望以及必须制造出替罪羊才能维持人类文明的本质，揭示这些远比谈论性难度更大。性欲至少还有感官享受，但是承认自己的嫉妒、模仿他人的欲望却只有痛苦而无丝毫乐趣可言。反正就我个人而言，比起弗洛伊德我更加敬佩勒内·基拉尔。

包豪斯

事情要从一场以三星各位老总为对象的讲座谈起，记得那次讲座过程中我一直批评三星的设计如何差劲，一位老总最后终于忍不住说:“那该怎么办呢？”他的意思是，你有什么解决之道吗？我回答不知道。

到家后我越想越憋得慌，所以我搜遍了所有关于苹果设计的资料，终于在史蒂夫·乔布斯的自传中找到了答案，那就是互相抄袭。苹果控告三星抄袭自己，因为苹果也抄袭了索尼，所以知道抄袭有多么可怕。

一开始苹果抄袭了索尼的设计。索尼的 VAIO 设计曾位居世界第一，iPhone4 和 iPhone5 的原型就是从索尼设计偷师的。但不知从何时起，索尼的设计开始变了调，嗅觉灵敏的乔布斯早早就对日本公司的局限性有所觉察，于是积极接受了德国博朗（Braun）的设计。

苹果公司首席设计官乔纳森·伊夫（Jonathan Ive，1967— ）坦言，苹果的设计模仿了为博朗公司工作的德国工业设计大师迪特·拉姆斯（Dieter Rams，1932— ）的设计。关于这点我查过资料发现确实如此，几乎所有苹果新款都和博朗的电子产品相似。

包括最近新出的 Apple Watch 也是。我有一块四五年前买的博朗电子表，Apple Watch 新品发布会那天我戴了那块手表，结果大家都问我是不是 Apple Watch。除了 Apple Watch 方形表盘的边框比较圆润以外，两者在设计上几乎没什么区别。

像博朗这种看似简单质朴，实则经久耐用的德国工业设计是怎么实现的呢？很多人认为这要归功于 1953—1968 年存在的乌尔姆设计学院。事实上，博朗果敢的设计正是与乌尔姆设计学院产学合作的结果。1919 年始建于德国东部魏玛，1933 年在柏林因希特勒上台而被迫关闭的包豪斯，其毕业生马克斯·比尔（Max Bill，1908—1994），和奥托·埃舍尔（Olt Aicher）及同仁创建了乌尔姆设计学院。史蒂夫·乔布斯在自传中继博朗后也提到了包豪斯，因为苹果的设计就是起源于德国的包豪斯。包豪斯并非建筑学院，只是韩国介绍包豪斯的人大部分是建筑师，所以大部分人都认为包豪斯只是建筑学院。

另外还有一个原因就是：曾担任包豪斯校长的瓦尔特·格罗皮

乌斯以及路德维希·密斯·凡德罗都是建筑师。但，首任校长瓦尔特·格罗皮乌斯并不是单纯的建筑师，所以在谈及世界三大建筑师时，人们通常会想到密斯·凡德罗而不是格罗皮乌斯也是因为这个原因。格罗皮乌斯是伟大的近代美学家和思想家，远远超出了建筑师的范畴。他聘请克利、康定斯基担任包豪斯的老师，以此探索抽象画的可能性，从这一事实中我们可以充分揣测到他那宏伟的计划。

从法国巴黎印象派开始的近代美学革命的洪流，历经新艺术派（或称青年风格）的维也纳、达姆施塔特、慕尼黑以及柏林的分离派，终于如漏斗般汇聚在魏玛的包豪斯。从某种意义上说，包豪斯既非建筑学校也非设计学校，而是一所积极追求创意方法论的人类最早的“编辑学校”。

从几年前开始，每年我都和摄影师尹光俊一起数次前往欧洲，恨不能踏遍每个角落找寻那些遗失的轨迹。几周艰苦的旅行下来，连魁梧健壮的男子汉尹光俊都累得好几天爬不起床，更何况我这个“纤细又娇贵的知识分子”。不过话又说回来，就算这样，我每次还是那么兴致昂扬。我计划几年内出版这些考察成果，那就是通往巴黎——慕尼黑——魏玛——德绍——莱比锡——柏林的“金斑运路线”。

————

这是我读了两年的
京都嵯峨艺术大学。

学校前面缓缓地流淌着桂川河，
后山的山顶总是飘着大片大片的云朵。

————

日本大学的毕业典礼上，
所有人都哭了。

学生们哭，
父母也哭。

独自坐着的我
自然也哭了……

没来由地哭了。

————

平成二十六年度
卒業·修了証書 学位記 授与式
京都嵯峨芸術大学
大学院

这两篇文章，是我初到日本时，
刊登在报纸上的文章。
因为很好地表达了我当时的种种心情，
所以就放在这本书的最后吧。

幸福总是很缓慢

我来日本已有一年光景，这期间我的生活发生了巨变。真是悔不当初啊，我那想要自由生活的想法是多么荒唐，我又怎会大脑发热舍弃了老有所养的教授一职呢。如今我身在异国他乡，躺在只有5坪[①]多的冰冷地板上恨得直打滚儿。希腊人佐巴说过的那句“让恐惧见鬼去吧！”天知道我念叨了多少次。

为了慰藉我的恐惧和孤独，诗人金甲洙和摄影师尹光俊偶尔会来日本探望我。去年秋天我们在京都北部的溪谷坐船，对于我的乘船提议，诗人色眯眯地笑言，他想象的完全是另一回事。我们在红叶似火的岚山溪谷保津川坐了两个多小时的船，河水缓缓地流着，我望着眼前二位，一位是20年前出版过一本诗集的诗人，另一位是

① 1坪等于3.3平方米。——编者注

几乎没靠摄影这门技术赚过什么钱的摄影师，他们不约而同从我这个对人的心理尤其是女人心理所知甚少的心理学家身上发现了一个重大改变——那就是我的一切都慢下来了，不仅我说话的语速，就连我的步伐也慢了下来。

就是这样没错。过去几年间我活得一点都不幸福，就是因为一切都太快了。无法承受的生活步调让我感到悲伤沮丧。不论何时我都必须话说得很快，一旦别人思考得慢一点或者说得慢一点，我就会烦躁难耐忍不住打断对方；而助教和学生做事稍有拖沓我立马火冒三丈；像上课、各种聚会迟到是常有的事，经常中途借口很忙而提前离席。然而此时，在无人找我的京都一角，我的人生终于回到正常的步调。

独居生活产生了更多的“基本生活时间”，为了照顾好身体我开始打扫卫生、洗碗、洗衣服和逛市场，每天读书写字的时间只剩几个小时。不过，我再也不用赶时间尽快读完一本什么书了。慢慢走、慢慢说，多想想开心的事，只有这样才能幸福。幸福不是通过抽象思维而实现的自我催眠，幸福是非常具体的感官体验。

最近我的生活又有了新乐趣，那就是深夜在小区澡堂闲晃。日本的小区澡堂就像20世纪六七十年代韩国的小区澡堂一样落伍，而且还不是一般的落后：咯吱咯吱作响的旧衣柜、破烂不堪的木鞋柜、至少用了好几十年的按摩椅、投入20日元只能工作几分钟的烘干机、狭窄的浴池……啊，然而破旧归破旧，在澡堂里的时间过得非常缓慢。

这家澡堂的洗澡水一直滚烫滚烫的，甚至比韩国桑拿房里的热水温度还高。(韩国桑拿房里的热水之所以是温的，大概就是因为韩国人的生活太着急了吧。) 可是我别无选择，因为周围只有这一家澡堂，所以我只能咬牙下水，身体先从脚踝处开始适应高温，直到全身浸入池中，这个过程可以慢慢思考不少事情。

上个月我好不容易才考上京都郊外一所与漫画插图有关的专科大学，今后我要不要成为一名成人漫画家呢。我若以诗人和摄影师为模特，以老人变态漫画作家的身份出道又会怎样呢。我这些让人瞠目结舌的想法可都是在这家澡堂里酝酿的。

澡堂的水很香，夹杂着温泉的味道，恍惚间我好像又回到高中时期拥挤的校车内，问到进明女高的学生颈间传来隐约的香气，那是我一生中最初的心动啊。每次泡完澡后我都睡得特别香，“今晚又能睡个好觉啦！”这种愉快的感觉，从我离开家门那一刻就让我心潮澎湃。我就这样，在日本过着慢悠悠的日子。幸福总是很缓慢。

后悔？害怕？见鬼去吧！

——

早知如此，我断不会在这把年纪重读《希腊人佐巴》。本来我利用安息年这段时间在日本过得好好的，谁知朝鲜日报记者于秀雄(每次都觉得这位仁兄名字好特别)特意联系我提议重读经典，并拜托我写一篇关于《希腊人佐巴》的文章，我当时居然想都没想就应允下来。

这几天我手不释卷痛苦万分，因为这突如其来地对自由的妄想实在太折磨人了。至今为止我已经把这本书读了 4 遍！虽然每次我都对佐巴所说的自由的含义有不同的理解，却没有任何一次像这次这样认真而严肃。

这本书的主人公卡赞扎基思第一次见到佐巴时要他跟自己走，在即将要开采的褐煤矿指挥工人，佐巴这时说道："有些话我可得跟你说明白，一定得我自愿咱们才能好来好往，要是你强迫我，那就完了。你得承认，我是一个人。"主人公反问："一个人，你的意思是？"佐巴刚毅果决地答道："哦！就是自由！"读到此处我总会联想到自己。我今年刚好满 50，像"自由"这样任性的词跟我的年龄一点都不搭；稳定、品位、规划才是与我年龄相匹配的字眼……然而佐巴却对如我这般谨小慎微、胆小怯懦的主人公不断发问"你自由吗？""我当然是自由的！"对于斩钉截铁回答的主人公佐巴说道：

"不，你并不自由。捆住你的绳子也许和捆住别人的绳子不同，但也只是这样。你被绑在长绳的尾端，你来去自如，所以你以为自己是自由的。可你剪不断这条绳子。"

《希腊人佐巴》是 20 世纪希腊最伟大的作家尼科斯·卡赞扎基斯（Nikos Kazantzakis，1883—1957）的代表作。卡赞扎基斯远离故乡希腊，74 年间如风般浪迹天涯漂泊旅行，被誉为"梦想旅行的作家"。佐巴是对作家的人生产生决定性影响的真实人物，卡赞扎基斯回忆自己与佐巴共度的那些时光，将自由相关的生存问题详细记录在小说《希腊人佐巴》之中。读者通过阅读小说对佐巴式自由产生了畅快淋漓之感。但每次逻辑性地问起佐巴所说的自由究竟为何物，他则会痛快地给出答案，“什么蠢念头，让它见鬼去吧！”

自由不是逻辑和思想，而是行动。在与佐巴合营的采矿厂倒闭后，主人公在海边请佐巴教他跳舞，他疯狂地跳舞，终于体会到从捆绑自己的长绳中解脱的自由。很久以后卡赞扎基斯记录说，当自己的全部财富顷刻间化为乌有那一刻，自由就化作了舞蹈。

自由分为两种，即从何而来的自由（free from）以及去往何处的自由（free to）。这意味着摆脱某种束缚的消极自由不是真正的自由，因为有可能是逃避；而佐巴当陶瓷工时为制作漂亮的瓷器，因为小拇指在转盘上碍事，就用斧子剁掉小拇指的行为，这种佐巴式自由才是真正的自由（free to）。就是说追求的东西一定要明确，换言之为了美好的价值，必须有切断手指的决心。

小说《希腊人佐巴》带来的感动十分明确，我们是否“很乐意”地在做自己想做的事？这是一个本质问题，亦是在问我们是否真的作为自己人生的主人生活？由此看来，至今为止我并不是很乐意当教授，因为我不乐意教孩子们所以总是发脾气，只因教授一职有社会地位，为了这个甜头我才不情愿而为之。

就因为无法忍受突如其来地称之为“自由”的佐巴式提问，前阵子我才向学校递了辞呈。然而，第二天我就开始后悔！现在，我在日本奈良市一间小公寓里，一边在冰冷的地板上打滚一边号叫着：“啊！我究竟中了哪门子邪啊怎么会做出这种事？”要是佐巴看见我这个因缥缈的自由而瑟瑟发抖的胆小鬼会说什么呢？“让恐惧见鬼去吧！”想必会这样说。

————

100
10
20
30
40
50
60
70
80
90

————

在京都郊外有一个年代久远的社区澡堂，
里面有一台老式体重秤，
以及投三枚10日元硬币，就能使用的功能单一的按摩椅……

在这里，时间流淌得很慢很慢。

————

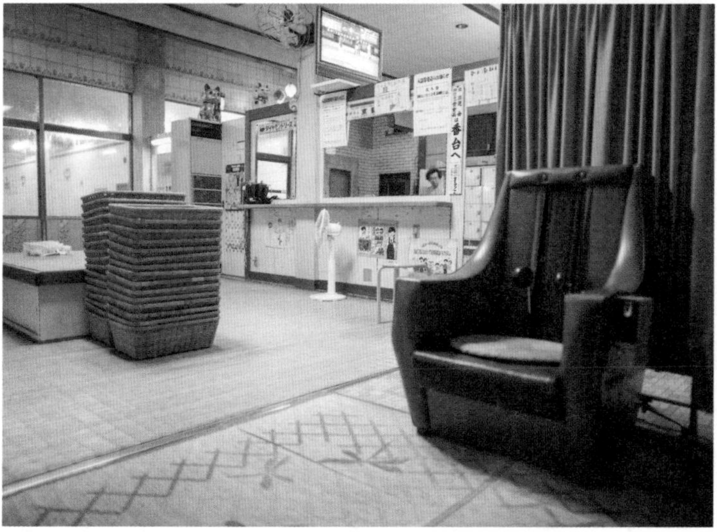
番台へ

忽然有了养马的需要

写作过程中我发现一个很有意思的经验，那就是把我的感受用文字表现后，读我文章的人也一定能感受到我写文章时的情绪。如果我写得很开心，读的人也会很快活；反过来，要是我写得很生硬，那么读的人也看得很别扭。为什么会这样呢？

德文里这种现象称为“外化”（Äußerung），是与“内化”（Verinnerung）相反的过程。就好比血汗借由劳动化为财务一样，内化是将人内在的东西通过语言以文章的形态呈现。所以我在进行文学创作时，都尽可能提前营造一种非常愉悦的氛围。多想想开心的事，沏一杯香浓的咖啡，将灯光调试柔和，放一些古典音乐或轻松的爵士乐等。

学画以后，“我的外化过程”发生了很大变化。以前只进行文字创作时，我致力于充实文章的逻辑性，常常担心会不会因为自己逻辑思维跳跃太快而招来一片骂声。创作时，既要预防来自这边的批评，又要回避来自那边的指责，搞得我心力交瘁。我渐渐感觉到文字质量的下滑，还出现了说车轱辘话的倾向。

但是当我同时进行文章和图画的创作时，我觉察到文章的内容在发生变化。首先，对整体无碍的内容暂时略过。也就是说，文章的空白变多，并且产生了速度感。那些文章中被略过的内容被图片填充，读者阅读时也可以自行填补略过的内容。不知是不是因为这个原因，我在进行图文创作后，感觉和读者之间的互动更加活跃了，两者之间产生的无声对话似乎也变得更为强烈。

对所有互动而言必不可缺的就是“空间”和“空白”。记得有次我那读高中的小儿子很晚才到家，我静静听他讲明原因以后发现大约有 4 小时的空白，于是我一直追问他那时候究竟去了哪儿做了什么，谁知这小子一直跟我打马虎眼。我固执地要求他按时间顺序一一汇报行程，弄得他不胜其烦。我依旧不肯退让，板着脸对儿子说不交代清楚这事就没完，儿子最后干脆翻脸死不认账，自顾自胡说八道一番。就这样我们父子二人剑拔弩张，一时间我骑虎难下不知如何结束僵局。

就在这时，一直守候在一旁早就心急如焚的妻子一个劲儿冲我打手势让我进屋里说话。“你干吗总逼儿子撒谎？”我一进门妻子二话不说就冲我发问。“我哪儿错啦？”我一脸茫然。妻子说就因为我翻来覆去地逼问，搞得儿子连喘气的工夫都没有，有些事就是不想说所以才迫不得已只能撒谎。末了妻子又追加一句：“你也有这种时候，我逼问过你吗？”“妈呀！”我心里暗自惊呼，瞬间恍然大悟。

所有互动必须保留双方参与的空间，我见过不少滔滔不绝、夸夸其谈之辈，真的很让人疲惫。那些自以为是的家伙经常这样。当然也有相反的情况，那就是惜字如金的人，过分沉默寡言的人很难对什么事负起责任。

假如两人面对面交谈，那么对话的责任应该是双方各担一半。这时讷口少言的一方其实是把自己的责任完全推给对方，对另一方不是无礼就是不关心。作者和读者的关系也一样，作者应留出互动的空间，以便读者能参与到对话中来，否则很容易变成是在教育读者。

朋友偶尔会问我，写书时我是先开始写文章呢还是先开始画画？不少朋友都觉得肯定是先写后画。其实不然。就拿这本书来说，我一共花了近三周完成插图的部分。我左画画右画画，在画画的过程中随时记录下要写到文章里的内容。

像这样等画完以后再开始创作文字部分，灵感就如电光火石般不断涌现脑海，如此一来逻辑思维较跳跃，某种程度上也给人以叙事杂乱的感觉。但是跟我以前写的文章相比，这些文字却更具有对话性。我成了与读者不断搭话的亲切作家，让我非常开心也很享受这种感觉。所以，今后我希望自己的作品依然能通过图文搭配的方式与读者见面。

我深知自己画技不精，未来我会在绘画方面继续深造。等在日本的生活一结束，我就去韩国全罗南道的丽水，在海边筹备一间画室，在那儿画画写文章是我的梦想。

如果住在首尔，大概每晚都要出去应酬，反正我是无业人员，很可能因为寂寞而不自觉地出去聚会。可是到了这个年龄，总参加一些无意义的聚会，难免伤及他人也被他人所伤。因为孤独而以人际关系来逃避，还有什么比这更愚蠢的吗？所有问题都始于为了逃避孤独而产生的不健全的人际关系。

我选择全罗道丽水其实没什么特别的理由，就感觉一说“在丽水画画”好像很有范儿似的，总比“在盆唐区画画”更像那么一回事吧。其实我也曾想过去济州岛，但那个地方已经是画家李曰钟的地盘了，再加上那儿还住着大明星李孝利，所以我就不去凑那个热闹啦。我在地图上找了半天，最后感觉丽水是个风水宝地，至少没有太多纷繁复杂的问题。

待我稍有闲钱时，我就去海边买一套小房子，到时候我一定养两只珍岛犬，因为我一直很喜欢狗，可惜因为老婆强烈反对，这愿望一直未能实现。白天听着海浪声画一整天的画，晚上写书，画累了就躺在地板上做个白日梦，伴随清新的海风闭上双眼，立马心情愉快地进入甜美的梦乡。院子里那两只心爱的狗狗也睡得香香甜甜，喉咙里发出呼噜呼噜声。

我的朋友圭贤听了我那完美的计划，实在憋不住说道：

“喂！你睡地板上你的狗睡院子里，这种景象用几个字形容你知道是什么吗？”

见我一脸诧异，圭贤嬉皮笑脸接着说道：

“金－珽－运－睡－了，狗－也－睡－了。”

这该死的家伙，总是拿我打趣。各位瞧见没，我这个想成为“南道画家”这么有格调有品位的梦想，在我那帮死党中间竟然被贬低到小学厕所涂鸦的水准。这口气我怎么忍得下去？我决定展开反击：

“那你这家伙目不转睛盯着一条睡觉的狗，又该如何解释？”

圭贤大概知道我接下来肯定没好话，于是赶紧调转话头。

“珽运呀，仔细想想，养马还是比养狗好一些。你睡地板上，马睡院子里。”

“……”

“哈哈哈，是不是绝了？”

啊，就像这样在丽水画画，偶尔和前来探访的朋友们一起耍耍嘴皮子逗逗乐儿，这样慢慢变老是多么幸福的事啊！某位诗人曾说过“人生并不孤单，只是像旧杂志封面一样通俗罢了”，这句话千真万确。人生只有一次，绝对不该为了依照自己的意愿生活而害怕。如今已年过半百，率性而为吧！

————

————

我也要养一匹如此英姿飒爽的马!

————